U0609865

一万种修辞

马拉 著

天津出版传媒集团

百花文艺出版社

图书在版编目（CIP）数据

一万种修辞 / 马拉著. -- 天津：百花文艺出版社，2023.4

ISBN 978-7-5306-8503-7

Ⅰ. ①一… Ⅱ. ①马… Ⅲ. ①散文集–中国–当代 Ⅳ. ①I267

中国国家版本馆 CIP 数据核字(2023)第 030957 号

一万种修辞
YIWANZHONG XIUCI

马拉 著

出 版 人：薛印胜
责任编辑：王 燕 徐 姗 封面设计：彭 泽
出版发行：百花文艺出版社
地址：天津市和平区西康路 35 号 邮编：300051
电话传真：+86-22-23332651（发行部）
　　　　　+86-22-23332656（总编室）
　　　　　+86-22-23332478（邮购部）
网址：http://www.baihuawenyi.com
印刷：天津新华印务有限公司
开本：787 毫米×1092 毫米 1/32
字数：150 千字
印张：7.75
版次：2023 年 4 月第 1 版
印次：2023 年 4 月第 1 次印刷
定价：58.00 元

如有印装质量问题,请与天津新华印务有限公司联系调换
地址:天津东丽开发区五经路 23 号
电话:(022)58160306 邮编:300300

版权所有 侵权必究

目 录

一万种修辞

别人说过的话，我一字不漏记着的很少。有句却记得，快三十年了，一个字没忘。那句话是："一个女孩，她的脸上写着孤独。"如果我告诉你，这貌似有些矫情的句子，出自一个十四岁的女孩之手，一切大概可以原谅了。站在这个当口，往回望，我还是觉得新鲜，似乎我还是那个十三岁的男孩，似乎这些年我一点没长。我收到过十四岁女孩伤感的情书，这种错位感难免让人觉得荒谬。那天下午，我站在山坡上，油菜花开了，满地都是青草的味道，蜜蜂成群地"嗡嗡"着。远处的荷塘里，荷叶有的已经如盖，有的还是尖角，它们还没有长齐。细小的水蛇，摆动着从水面游过去。附近的山坡那里，铁轨莫名其妙地伸出来，又消失在另一个拐弯处。我不喜欢这条铁轨，更不喜欢铺在下面的石子和枕木。我父亲整天伺候着它，从它的身体里攫取我们一家人需要的生活。它有热、硬和铁石心肠，从来没有怜悯。事实上，它像一个怪兽,控制着我的父亲,让我的父亲像个卑微的仆人一样匍匐在它的面前。他的汗和血滋养着它,作为回报,它给了他勉强养活妻儿的微薄薪水。那天的山坡,铁轨硬在那里,火车还没有来。我读完了一封信。远方的姑娘,你写了一封独特的信,告诉初恋的男生,你太远了,甚至,还来不及牵下手,给一个象征性的吻。这封信、这句话,是我最初的文学教育和情感教育。我还记得,读完这封信,我站在山坡上,惆怅和忧郁,还有伤感,这些词瞬间有了意义。它们在我的身体里流动,告诉我的每根毛细血管、每条神经末梢我所感受到的东西,一个人就此有了命运。我突然想看到我厌恶的绿皮火车喘着粗气,粗野地嘶叫着开过来。姑娘,那一刻,我才真正爱上你。此前,不过是好奇,青春期的第一次试探。这封分手信是我初恋真正的开端。

姑娘,你姓苏,就让我叫你"小苏"吧。小苏,我们快三十年没见了。此生,估计见不上了。即使某一天,我们在某个不确定的街角偶遇,我一定不能认出你来,你也一样。那样的偶遇,和没有见过一样。因为未知,所以它没有意义。我难以想象你现在的样子。你过去的样子,我一笔没改地存着,像是永不贬值的存款。你大概从来没有想过,你在我这里存过那么大一笔钱,而我从没打算还你。小苏,我想给你讲几个故事。你那么真实地存在过,却没有一点存在的依据,这让我觉得安全。我那么胆小,你从小就知道。这一点,到现在还没有改。我记得我离开老家的前几天，你给我写了张纸条，让我去你宿舍。也不是你的宿舍，你亲戚做老师，他很少住在学校宿舍，你正好可以在那里温书。点的是蜡烛，乡下总是停电。给我开了门，你又坐在书桌前看书。我坐在你旁边，看着你的侧脸。真是好看，特别好看，还有点婴儿肥呢。小苏，我曾装作不经意地碰过你的手，两次还是几次，反正很少。我给你的情书却总是写得很长，据说你的闺密都看得不耐烦了。这么长的情书，我后来还写过，那时我已经十七岁了。我写了整整一个暑假，每天都写十来页呢。你知道我在看你，你让我看着。给你写了那么多情书，我们其实还没单独说过几句话。小孩子的恋爱，想想就好。我等着你和我说话。我想，你作业做完了，应该就会和我说话了。小苏，你一句话没说，我心跳得非常厉害。尽管我还是个小孩子，却也知道可能再也见不到你了。我想牵牵你的手，如果可以的话，我甚至还想亲下你的脸。看了你快一个小时，你终于合上了书本。你说，你有什么话和我说吗？我要睡觉了。我跑得那么快，甚至有点如释重负的感觉。我想，如果我再不离开，可能真的忍不住要亲你了，你会生气的。小苏，这些事你可能都忘了。你那么可爱，会有很多人喜欢你。我想和你谈谈我的几次恋爱。以前，我不敢和人说起。现在没事了，我能够坦然面对。

　　后来，我长大了，身体里开始有了情欲。它像蛇一样涌动，我对女性充满了好奇，而我身边全是少女，她们还称不上女人。有个煤矿的女生喜欢我，我一直迟疑。我生活的那个地方，你可能很难想象。那是著名的煤铁产区。每天下午，零零散散的"黑人"沿着铁轨往家里走，他们那么黑，比最黑的黑人还要黑。煤矿下班了，到处都是小煤窑，他们连冲洗的地方都没有，只能黑着回家。我下过一次矿井，下到中途，我被狭窄和幽暗恐吓，狼狈地回到了地面。矿井附近满山的松树，松涛的声音比老家的要好听。小苏，那会儿，我没有想到你。我想到的是我永远不要再下矿井，永远不要。那个女生的父亲死于矿难，她的继父是她叔叔。那家煤矿是当地最大的煤矿，国营的。据说原本可以开采一百年，由于周边小煤窑盗采，五十年刚过，他们已经撑不住了。有天早晨，她来我家找我。先看到她的是我的母亲，她问我母亲我是否在家，还说我约了她。我和她一起去了附近的树林。秋日的树林，植物的气味变得纯粹，不像夏日般浓烈。她穿得很漂亮，还洒了香水。香水味太浓烈了，连天上的小鸟都能闻得到。公路看不见了，汽车的喇叭声也听不见了，山谷幽静，仿佛我们是地球上最后的两个人。我们试探着亲吻，我把手伸进了她的内衣。啊，为什么是这样？天地之间怎么还有这么好的东西。一个上午，我们说过的话不够凑成一篇小学生作文，我们的亲吻抵得上成年人一年的分量。从山林里出来，她送了我一块手帕。她告诉我，以后她是我的女人。小苏，等她消失在拐弯处，我跑回了家。我为自己感到羞耻。我知道她喜欢我，她一次次跑到我跟前，我明白。我不喜欢她，她太笨了。每次老师提问，她都不能正确地回答出问题，而所有人的眼睛都看着我。她很漂亮，有着比同龄人更为成熟的身体，而我不止一次梦见过她。年少的情欲灼烧着我，我在这种古怪的恋爱中挣扎了一年。直到有一个学期开学，她没有来。煤矿的同学告诉我，她去纺织厂上班了。我松了口气，甚至没想过问问她为什么这么急着上班。当然，我也没有给她写过信，没有打过一次电话。甚至，在恋爱中，我也只有充满欲望时才会约她。她欢欣鼓舞的样子，让我羞愧。她的初恋，都是玻璃破碎的声音。她果然没有来学校，我像是获得了自由。没过两年，听说她结婚了。去年，我在同学群里加了她的微信，除了刚开始的几声招呼，一句话没有说过。我也从来没见过她发朋友圈，也许屏蔽了我。我们一句话没有说，这些年她怎么过的，我不知道，也不敢问起。小苏，她比你小，也比你爱笑。

　　小苏，我告诉过你，我后来还给人写过长长的信。那年暑假，我像一个诗人，每天坐在树荫下写信，院子里种着高大的法桐树。有时，会有人把干枯了的树皮剥下来烧，据说是驱蚊的好东西。驱不驱蚊我不知道，眼泪都熏得要掉下来，蚊子自然真的没有了，谁受得了那个味道。院子里还有一口井，井壁布满青苔，井水又清又凉。要是下过大雨，井水就会变得浑浊,这是什么道理,我到现在都不清楚。经常有人把西瓜放到井里去冰,要冰一个下午,到了晚上西瓜有着和放在冰箱不一样的凉意。一班人围着桌子吃西瓜,这是我对那个院子最好的记忆。这个小小的铁路工区,负责维护十公里长的铁路。它像一个独立的小社会,国家伸进乡村的一个小指头。出了这个院子,便是乡村,那是农民的领地。住在这个院子里的,都是国家的人及其家属。院子虽小,人却来自五湖四海,我记得有河南人、湖北人、江西人。湖北人中有两个来自省城武汉。那时,我很难理解,他们为什么要离开武汉,到这个穷乡僻壤干着这么一份艰苦的工作。现在,我明白了。他们那时也就二十几岁,生活毫不留情地将他们扔到了他们曾全力抗拒的空洞。啊,他们回武汉的欢欣和返回院子的孤寂我还记得。那个爱下象棋的年轻人,每次回来都不说话,要好几天才能缓过来。那会儿,我哪懂这些。我坐在树下,愉快地给心爱的姑娘写信。我有过接吻的经验,探索过女性部分的身体,我将我的爱呈现在纸上,我哪里知道生活等着教训我。我每天给那位女生写一封信,每个礼拜出门送一次信。她从来没有给我回信,我一点也不沮丧。她那么聪明可爱,给不给我回信又有什么关系呢?她知道我喜欢她,那就很好了啊。每个礼拜六,我穿上我最漂亮的衣服,沿着铁轨走上三十分钟,再穿过起伏的稻田,她的村庄就在面前了。如果她不在家,我把信交给她同村的同学,麻烦他们转交一下。如果她在,那就更好了,我们会站在她家门口的池塘边上说几句话。她倒不害羞。村里像她这么大的姑娘,都有出嫁的了。她和男生说几句话,没有人觉得奇怪的,包括她的父亲。暑假过了,开学了,她回到她的学校。我还是每周给她写一封信,寄给她。她偶尔给我回一封信。我在信里写各种热烈的爱和欲望。她的回信没有这些,总是让我好好学习,不要胡思乱想。我以为她默许了我信中的放肆。直到有一天,她回信给我,你为什么这么下流?你想侮辱我吗?我才意识到,我的野蛮和热烈可能对她造成了侵犯。为此,我给她写了一封很长的致歉信。她的信却再也没有来。问她同村的同学,同学遮遮掩掩的。后来还是告诉我,她退学了,因为怀孕。寒假见到她,她刚刚生完孩子。由于没到法定结婚年龄,她还没有结婚,酒倒是摆过了。那天,我们一帮同学在她家喝酒。趁着去厨房的空隙,仗着酒劲儿,我拦住了她,问她,你是不是一点也不喜欢我?她说,不是。我问,那你喜欢我吗?她说,喜欢。问她为什么不愿意和我在一起,她说,就是不能。她一直聪明,古灵精怪的。我想不明白,也没有办法。谜底二十多年后揭开了,她说,你读书那么好,我们从来就不合适。而且,你并不爱我。说这话时,她早已离婚,女儿也已长大成人。小苏,如果有一天,我碰到你,而且认出了你,不要和我说这样的话,不要。

　　小苏,我后来再也没有写过情书,更不要说那么长的。

不知道你喝不喝酒,应该也喝一点吧。这个年纪的中年人,不喝酒的很少,人生愁苦,酒总是好东西。我以前搞不懂,味道里到底藏着什么。特别是酒,在青年的口腔里,酒不过是一腔苦水,人性的毒药。如青春之蜜糖,如少女之甘霖,只有上了年纪的舌头才能品得出来。即使你不喝酒,你先生想必喝一点。要是他也不喝,那我就不知道该怎么说好了。好吧,作为湖北人,你应该知道某酒。某酒厂离我读书的高中不远,每次回家,总要从它仿古的门口路过。据说那是当地最好的企业,福利待遇好又有保障。正因此,当地很多人想尽办法想去某酒厂上班。我经过一场刻骨铭心的恋爱,和那里有一点点关系。有天,我从家里去学校,那会儿我在武汉念大学。忘了告诉你,我又搬家了。作为铁路工人的子弟,我临时的家沿着铁路线搬迁过几次。那个家,算是自己的家了。父亲想办法凑了钱,买了个五十平方米的小房子。那房子真小啊,只有两个房间。还好,我和姐姐妹妹都大了,很少回家。不然,怕是没办法住。开往武汉的长途巴士开了过来,那是盛夏,湖北的热你是知道的。一上车,我像是掉进了腊月的冰河。她和一个男人坐在一起,男人搂抱着她。我努力装作没有看见,在她后面几排,我坐了两分钟。时间从来没有那么长过,如果每一分钟都那么长,那我现在恐怕还不够两岁。我没有办法在那辆车上坐到武汉。我喊了一声,师傅,我要下车。从车上下来,刚刚站定,她从车上下来,冲我喊了一声，你干吗？上来。我摇了摇头。车开走了。那是她后来的前夫。小苏，我以为我会和她结婚的。高中时，她见过我的父母，他们都很喜欢她。刚进大学，我去拜访了她的父母。每个假期，我有一半的时间是在她家里过的。几乎没有任何征兆，或许是我太笨，没有察觉到。车上那一幕，撕下了原本可以体面分手的面纱，赤裸裸展示了人间的残忍。我带着愤怒问她，为什么要这样，那是谁？她告诉我，那人在某酒厂，亲戚介绍的。纠缠了大半年，我们终于算是分手。大学毕业，她和我在车上看到的男人结了婚。她结婚的消息，我很久之后才知道。某年春节，同学聚会。我们谈起彼此的近况，有个同学偶尔说了句，她结婚了。我说，不可能，她怎么可能结婚了。同学赶紧补充了句，也许我听错了。我打了个电话给她，她说，是的，我结婚了，没有告诉你。一听到她的话，我就哭了。饭没办法吃了，我打了辆车，一路哭着回到了家。妹妹见我的样子，一下子明白了。妹妹男朋友家和她家离得很近，她结婚的消息，男朋友第一时间告诉了妹妹。妹妹没敢告诉我。后来，她又离了婚。有天，我们说了很多话。她对我说，我妈说，如果你们还愿意在一起，那就在一起吧。我说，回不去了，难了。她没再说什么。说到这儿，我想起了另一件事。以前，每次去她家，她父亲总是往我的碗里夹很多菜，生怕我不够吃的样子，堆得满满的。我一直以为那是喜爱的表示。前几年，我对她说起这事，说虽然没能在一起，但还是非常感谢叔叔阿姨当年能够善待我。她笑得不行，然后告诉我，其实她爸一点都不喜欢我，给我夹菜不过是不想我把筷子伸到菜盘里去。她和我分手，也是她爸的意思，他嫌弃我家穷，而我显然又是个靠不住的男人。她妈反倒真的心疼我，劝过她爸好几次，没有用。她妈只好对她说，你们慢慢冷淡下来，他是个聪明人，时间长了，会明白的。如果没有车上那一幕，这个计划会圆满地实现。她这一说，很多事情我一下子明白了。我第一套上台面的西装是她妈买给我的，快过年了，她想送我一套西装做新年礼物。她说，男孩子大了，要一套西装，有些场合用得上。有几次，在她家里，我说起她老家的美食。下次过去，那美食总是出现在桌子上。她说，那是她妈特意让乡下亲戚做好送过来的。我也明白了，为什么后来我去她家，她妈看我的表情有点奇怪，欲言又止，冷漠了些。那些心底的波澜，我要多年之后才能看得清楚。她的父亲，退休之后和一个年轻女人私奔，好长时间音信全无。这个姑娘最是让我心疼。她好强、努力，然而命运对她似乎并不太好。她从一所普通的大学毕业，用尽全力进了市里的一所普通中学，又经过数年努力，进了当地最好的高中。那是我们认识的地方。我还记得她第一次看我的样子。中午的阳光，她从操场边走过来，我们几个男生挤在楼上的窗子边喊她的名字。她仰起头看着我们，微笑着。她真美啊。我对旁边的同学说，她是我的。我们是彼此命中无法修改的第一个人。

　　再说就要说到广东了。算起来,我在广东生活了快二十年。习惯了这儿的天气,尤其是食物。我对这儿的食物具有丰沛的热情,这才是食物该有的样子。人有人的样子,天有天的样子,河水和鸭子都有自己的样子,食物何尝不是。除开想念北方的冬天,我对广东真是满意的。去年冬天,我去了趟山西。太原的雪还没有化尽,屋顶和街道的清净处都堆着雪。我穿得大概是最少的,山西的朋友都说冷,穿着厚重的羽绒服,我倒还好,那种深入皮肤的凉意,唤醒了我的北方记忆。体验也会因为稀缺而变得昂贵,即使因为冷而着凉,我也是愿意的。我的运气说起来真是不错,从太原开往雁门关的车上,我们经过一个我忘记了名字的地方。路边全是掉光了叶子的树,白茫茫一片。同行的朋友出于习惯而冷漠,对窗外的一切没什么兴趣,他们打着深浅不一的瞌睡。树上的枝条被冰和雪裹住,垂成漂亮的雾凇。天地间实在太美,白茫茫晶莹透亮的冰雪世界,干净得看不见一丝尘埃,一眼望去,仙境即是此刻,连呼吸都带着天使般诚实的气味。我感觉我不配看它。凡间的俗人,和这洁净偶尔的联系,让人产生虚幻感。好在长城是结实的,雁门关是雄壮的,绵延的山脉宣告了时间的胜利。我南方的肉身、北方的心终于回到了北方,它们不再分离而居。那一刻,我不爱任何人,只想像烟一样被凛冽的北风吹散,直至无影无息。这怎么可能呢,那么奢侈。我终究要回到我庸常的世间去。小苏,我结婚了,有个十二岁的女儿和快四岁的儿子。你的孩子想必要大得多,也许到了谈婚论嫁的年龄吧。真是奇怪,我记忆中的十四岁的小女孩居然有可能已婚的孩子。记忆被时间篡改,如果说命运,那实在是太容易修改的了。我结婚前的故事,很少和人讲。羞耻固然像针尖刺痛着我,人性的邪恶与疯狂才是让我害怕的。那次,我想真的是要结婚了。我从湖北到了广东,又到了我现在生活的城市,如果不是因为爱,谁会做这样的事情呢。她并不完美,我也是,实际上,我们谁都不能对谁要求更多。冬天的刺猬裹着草藏在洞里,兔子在雪地里爬行,谁更艰难谁更美好,你怎么能说得清楚。那天下午,我一个人在家,她和同事出去旅行了。她这么告诉我的,我没有多想。她工作的手机丢在家里,手机收到信息,我拿起来看一下,又看了几条别的,才知道和她一起旅行的是位先生。他们去的地方很远,旅行的时间也长,万一不够就麻烦了。那么长时间,快一年甚至更久吧,她游走在两个男人中间。我的迟钝再一次发挥出惊人的效力,它屏蔽了所有我本应接收到的信息。我想,上帝这样对我,一定是为了保护我,如果我太过敏感,必然会受到更多伤害。出于愤怒,我打了电话给她。中间过程就不说了,没什么意思。她在三天后才回来,她进门那会儿,我拥抱了她。她的表情有着令人诧异的坦然。按照她的计划,这是他们最后的旅行,旅行结束,她要和我结婚。事情总是这么凑巧，让我想起了开往武汉的长途大巴。我告诉她，一切都过去了，我肯定有很多做得不好的地方，你才会这样。如果可以，我们结婚，重新开始。小苏，故事听到这里，你是不是有些感动？她让我向她父母提出结婚的请求。多年之后，我对阿姨——她的母亲——充满感激，她以过来人的直觉拒绝了我的请求。阿姨说，你们这个状态，我不同意。这是我见过的人类做出的最英明的决定，她拯救了两个破碎的年轻人。那三天，我在焦灼、耻辱和愤怒中，做出了一个卑鄙的计划。我要用尽所有的手段让她嫁给我，让她怀孕，生下孩子。然后，我要用任何可能的方式羞辱她，哪怕她因此死掉也在所不惜。所有加在我身上的耻辱，我要加一百倍还给她，包括她的父母、她的孩子。可笑又肮脏，魔鬼微笑着占领了我的全部心智，如果还有的话。现在想起来，真是让人害怕。人怎么可以如此邪恶？小苏，我因为去过魔鬼的宫殿而恐惧，也时常警醒，人一定不要堕入黑暗之中，心灵必定是有光的，别让它熄灭。哪怕有再多的仇恨、羞辱，也不要把最后的光灭了，那将是真正的黑暗。某个下班的傍晚，我坐在公司的台阶上，给她打了个电话，祝她幸福。挂掉电话，我终于放过了自己。快八年的纠葛，像洒落满地的水银，那些晶莹的颗粒再也没有团聚的机会。小苏，让我再给你讲讲雁门关的雪吧。它像你，洁净了我。

　　和你讲了这么多，小苏，你可能会对我的妻子有些兴趣。她是一个什么样的女人，她美吗？这么说吧，我们因为婚姻而进入现实。在进入现实之前，世界混沌，我不知道是个什么意思。从我第一次看到她到结婚，不过四个月时间。我们花了十年时间来学习恋爱，如今，我相信我们之间有爱情。这不被祝福的婚姻，好像难以解释。她的简陋和我的粗糙是匹配的，我们内心的特质用的是不同的材料，没准儿正适合打造有用的合金。阿米亥有一首很短的诗《爱与痛苦之歌》，我把它抄一遍："我们在一起的时候／我们像一把有用的剪刀／分手后我们重又／变成两把利刃／插入世界的肉里／各在各的位置。"

就是这样，我们像两把利刃，只有在一起，才会是有用的剪刀，我们修剪彼此宽容的边界，修剪孩子们的形状，修剪男人和女人之间秘而不宣的激情。我依然会有痛苦和悲伤，却不再着迷于黑暗，孩子们驱散了我头顶的乌云。啊，小苏，孩子们送给我的，我想把它送给你。这是一份可以复制的财产，不管这个地球上有多少人，都取之不尽。

谣曲或哀乐

　　我有过短暂的乡村生活。记忆中有月光和柳条,会说话的干净的水,漫湖寂寞的荷花与莲叶。我先说说月光吧。夏天,如果月圆,那就更好。月亮升起来,月光从枣树的树杈间落到地上,影子黝黑,拿什么都擦不掉。除开影子,远处的树和山林都像被过滤过,非常干净。孩子们伴着月光到处玩耍,也不怕打扰偷偷摸摸谈恋爱的年轻人。二十世纪八十年代的湖北乡村,自由恋爱刚刚兴起,树林里、湖水边常常可以找到被压在地上的姑娘。她们衣衫不整的样子,有着春天柳树发芽的气息,又清新又美好。春天短暂,她们也一样。我最喜欢的是湖塘里的荷花,有红有白,我更喜欢红的。大人喜欢白的,说是红的光开花,不长藕;花吃不得,藕能吃,还能卖钱。

　　我来形容一下泥土的气味吧。那要等到春天,秋冬的泥土难得有气味。秋天,湖北的雨水少,土干着,生气了的样子。要是有人放火烧山，山间和田野都像得了斑秃的中年男子，那一块块丑陋的黑斑，毫无美感可言，至于气味更是说不上美妙。冬天，土僵硬着，等雪落下来，大地被覆盖，像是进入一场漫长的睡梦。它将在两个月后苏醒。雪后的湖面真美，沿着堤岸还有隐约的雪线，延展到湖心的冰面闪闪发光，远处的山坡也是白的。很多次，我怀疑我是在虚构，在虚构中重建了我的故乡，包括童年时期的雪、岸边的死鱼和山林中蹒跚的兔子。有年秋天，我回到了故乡。秋草漫长，淹没了我的腰，爷爷奶奶的墓碑仿佛被去年的蝗虫吞噬，不知道去哪里找。他们经历过那么多的春夏，想必是记得泥土的气味的。等雪化了，土再次变得柔软，充满对人的爱意，春天也就来了。柳树的芽先是毛茸茸的银色的小点，接着舒展开来，等它变得嫩绿，泥土的气味随着飘出来。最好是等下过雨，雨把泥土都浸透了。找一个人迹稀少的湖堤，有青草有柳树。不能去人畜稠密的路径，那些交杂的腥气糟蹋了泥土。青草和柳树就像作料，在它们的衬托之下，泥土的气味散发出来。

　　抱歉我不能描述出那种气味，它太独特、太复杂、太深沉，要么就是太过简洁和单纯。我常常在这种气味中迷醉，那是我对乡村最美好的记忆。它在我的血脉中写下两个字——土地。只要你闻到过这种气味，这辈子你就只能是土地的孩子，你和土地的联系再也不能切割。这像一个密码或者符号，你可以通过它确认无数和你一样的人。记得在某本书中看到，有个农民想把泥土吃进肚子。书中没有写具体的季节，我猜应该是春天，他闻到了泥土的气味，那气味让他觉得饥饿，对土地的占有欲，让他只有吃下才能放心。（写这段文字时，台风海高斯正在侵略我的城市，它狠狠地撕扯树木的头发，将它们打倒在地。看新闻说，城市一片狼藉。我将在风雨过后出门，并非出于破坏欲，我喜欢看到自然留下的痕迹，它突破了我们过于正常的日常生活。这会儿，我却有些紧张和害怕，风刮得太厉害了，据说有十三级。窗和玻璃门发出尖锐的怪叫以及抵抗风力的"吱吱嘎嘎"声，我生怕门窗被击碎，那样我将无处可逃。这样的风暴，在我的故乡是没有见过的。奇怪的是我从来没有想过要闻闻这里泥土的味道，虽然我在这里有着更长的居住期。）我和很多朋友讲过泥土的气味，来自江南的朋友还没等我说完，已经了解了我的感受，甚至知觉。有天晚上，我和两位朋友再次谈起，他们一个来自甘肃，另一个来自新疆。无论我多么详细地描述，他们都无法理解，他们给我讲述了他们的春天。啊，在我看来，那不是春天，那像一个惨剧的开场白。我相信是土地的气味确定了人的性格，江南的细腻和温婉，和雨水和土有着必然的关联。

怎么说说我爱过的水呢？我在水边长大，对水有着天然的亲近感。我正试图写下乡村的谣曲，水是其中最优雅的音符。夏天，偶尔会有大风来。等大风来，孩子们都很兴奋，他们满村跑着，捡被风刮下的枣子。平时，每家每户把枣树看得很紧，绝不允许别家的小孩采摘。大风送来了节日，家家户户开放了他们的枣树、葡萄藤和梨树。风还未歇，不少大人小孩跑到了村后的山头，山坡下连着大湖。风卷起大浪，横拍在岸边，击起飞溅的水沫。上学后，我读到"乱石穿空，惊涛拍岸，卷起千堆雪"，我以为写的就是我家附近的那个湖，苏轼写的和我看到的一模一样。快二十年后，我第一次看到大海，大海那么平静，以致我非常失望，它优柔寡断的样子还不如故乡的湖。等风小了，孩子和大人都跑到湖边，总有人能捡到被浪卷起来摔死的鱼。多么欢乐，像个真正的节日。我更爱另一个面积小一些的堰湖，那是我此生见过的最干净的水，连九寨沟的海子也没有它那么清澈。湖底水草蔓生，游鱼清晰可见。我在那里钓到过极大的鳑鲏，非常大，有我现在的手掌那么大。在湖边的沟渠里，满是五彩的蓑衣鱼，那是我最早养过的观赏鱼。它们那么漂亮，我把它们养在罐头瓶里，还放了水草，一天能看上一百次。我的记忆可能在欺骗我，我美化了我的童年生活。然而，我更愿意相信，我的每一句话都属实。如果不信，可以查询我记忆的票根。这一切多好，洛尔迦的谣曲也不会比这更美好了。

这是我爱的大自然，再讲讲我听过的启蒙故事吧。

在我们村附近，有一片连绵的丘陵，山上多是松树和高大的楠竹。丘陵如此绵长,据说贯穿了好几个乡镇。老人告诉我们,山林幽深,孩子们不得进入深山。从小我就听过一个故事,邻近的村里,有三兄弟,他们杀死过山里的猛虎。对此,我一直怀疑。等我上小学了,我问那个村的同学,你们村有人杀死过老虎吗?他显然也听过这个故事,信誓旦旦地说,其中一个是他的爷爷。他给我详细地讲了他爷爷三兄弟杀虎的故事。末了,他说,他家里还有一只虎爪,那是他爷爷杀虎留下的纪念。为了让我相信这个故事,有天,他给我看了虎爪。当我说我想去看看他爷爷,那个传说中的打虎英雄,他说,他爷爷死了。死的时候,天上飞来了八只仙鹤。我一度对这个故事非常着迷,父亲告诉我,老虎他没有见过。在他小时候,打死豺狗倒是常见的事。听说,曾有人打死过草豹。这些故事都还不够迷人,最迷人的是传说中的鸡冠蛇。

老人们指着不远处的山,说,就在那座山里,有一对鸡冠蛇,一雌一雄,它们是夫妻,但它们不轻易生子。顾名思义,鸡冠蛇有着蛇身,头顶着雄鸡一般的冠子,它们还有一对凤凰一样的翅膀,擅长迅疾地飞行。鸡冠蛇个子不大,平时栖息在树上,躲藏起来。它们躲藏的功夫堪称天下第一,任何人都看不到它们。传说这种蛇属于上古神兽,以人的魂魄为食。被它们吃掉魂魄的人,一年之内就会死掉,而它们吃掉人的魂魄之后,一年不用进食。老人们说,鸡冠蛇摄人魂魄的方式很特别，它们躲在树上，看到有人走过，如果地上有影子，它们只要啄一下影子的头部，就可摄取人的魂魄。更让孩子们害怕的是，鸡冠蛇居然更喜欢童男童女的魂魄，对老人不感兴趣。这是一个多么成功的故事。我们那帮小孩去山里玩，想方设法藏着自己的影子，生怕暴露在阳光下。要是碰到阴天，我们有恃无恐，手里拿着弹弓，漫山遍野地找鸡冠蛇，想把它们打死，以免祸害人类。多次进山，我们从来没有碰到鸡冠蛇，倒是碰到过一些奇异的小蛇。我还记得其中一条，那是在一片麻地里。夏天的麻地，麻长得又高又大，散发出好闻的"青气"，一条通体碧绿的小蛇在麻叶上快速地游走。它看起来像是有仙气，我们都认为那是鸡冠蛇的幼崽。后来，我在莫言的《小说九段》中看到《脆蛇》时，怀疑莫言老师也看过这种翠绿的小蛇，他写的和我看到的实在太相似了。《脆蛇》很短，我截取其中一段：

陈蛇说，有一种蛇，生活在竹叶上，遍体翠绿，唯有两只眼睛是鲜红的，宛如一条翠玉上镶嵌着两粒红色的宝石。蛇藏在竹叶中，很难发现。有经验的捕蛇人，蹲在竹下，寻找蛇的眼睛。这种蛇，是胎生，怀着小蛇时，脾气暴躁，能够在空中飞行，宛如射出的羽箭。如果你想捕怀孕的蛇，十有八九要送掉性命。但这种蛇不怀孕时，极其胆小。人一到它的面前，它就会掉在地上。这种蛇身体极脆,掉到地上,会跌成片断,但人离去后,它就会自动复原。有经验的捕蛇人,左手拿着一根细棍,轻轻地敲打竹竿,右手托着一个用胡椒眼蚊帐布缝成的网兜。蛇掉到网兜里,直挺挺的,像一根玉棍。

怀孕的脆蛇也会飞,长大后,可能真的会变成传说中的鸡冠蛇吧。这倒真让我有点害怕了。

鸡冠蛇只是一个故事,接下来要讲的则有些魔幻了,却异常真实地发生过。我在八岁时听到这个故事,我记得非常清楚,故事的萌芽应是在初春。初春,柳树和枯枝败叶皆从深寒硬冻中醒来,一头名叫青天百里牙的怪物也从长达一百年的睡梦中醒来。青天百里牙,顾名思义,有长达百里的牙齿,至于这是修辞还是实指,民间还有些争议。多半认为是修辞,天下哪儿有那么大的怪物,那还得了?少数确信是实指的则认为,老祖先哪儿会和后人开玩笑。总之,这怪物异常之大,你想想,牙齿都那么长,那全身得有多大?这怪物说是一百年醒一次,一次醒一年,然后又沉睡百年。每次醒来,它都要吃掉十升芝麻的孩童。老人们言之凿凿地说,青天百里牙讲究得很,一个也不会多吃,一个也不会少吃,正好十升芝麻那么多。十升芝麻是多少?一颗芝麻就是一颗人头。故事刚刚开始流传时,信的人不多,都觉得不可能。老人们倒是说,他们小时候也听老人讲过青天百里牙,但都没有见过,哪儿晓得老了它又来了。人心还是有些惶惶。最怕的莫过小孩子。我在家里悄悄数过芝麻,那么一小勺子数得我头脑发胀,我认识的所有小朋友加起来还不够一小勺子。正在慌乱之间,一个好消息传来,据说青天百里牙虽然厉害,却也不是没有弱点,或者说规矩,它不吃穿红衣红裤的小孩。不过,这红衣红裤必须由外公外婆送来,如果外公外婆不在,舅舅送来也是可以的。但有个前提,要外公外婆或者舅舅自愿,家人催促着送来的没有法力,保护不了小孩。听到这个消息,有人松了一口气,有人又提了一口气。

很快,村里村外穿红衣红裤的小孩多了起来,这些小孩外公外婆多是附近村子里的,消息灵通,行动迅速。穿上了红衣红裤的小孩,得意扬扬的样子不亚于古代的忠臣得到了免死金牌。还没有穿上的,多少有些惊恐。比如我,就是惊恐的那个。我外公外婆隔着长江,不说那时联系不便,即使联系方便,也是不能联系的,一说就不灵了。每一个到村里送红衣红裤的老人都受到了女儿女婿的欢迎,他们可能从来没有这么受欢迎过。女儿女婿大概也从来没有那么期待他们的到来,杀鸡割肉自然不在话下。很快,新的消息传来,乡镇供销社和布店的红布脱销,为了买到红布,很多老人跑出几百公里,把这个故事带到了更远的地方。那段时间,乡间游走着一群群的红孩儿,上课时更是壮观。我和妹妹还没有穿上,我有点害怕,妹妹还小,大概还不知道害怕。母亲一开始不以为然,觉得这事荒唐得很。等村里的小孩差不多都穿上了,她也紧张起来。我一次次问她,外公什么时候来?他那么疼我,怎么还不来呢?母亲不知如何是好。在等待的焦灼中,那些不合身、款式可笑的衣裤,在我看来太过美丽,那是我第一次对物质产生渴望。我期待外公快快跨过长江,将红衣红裤送到我家来。我想晚上出去玩,但没有红衣红裤,我不敢,青天百里牙会吃掉我的。终于有一天,我放学,看到外公在堂屋里抽烟,母亲在厨房做饭。屋里飘着难得闻到的肉香味。吃饭时,母亲嗔怪外公,你怎么才来?我一个人带着两个孩子,害怕得不得了。外公说,我一听说就到处买布,到处都买不到,我跑了好多地方。也不晓得两个娃儿身高,估摸着请裁缝做的,一做好我就过来了。外公摸了摸我的头说,又高了。又看着妹妹说,瘦了点。衣裤穿上,歪歪扭扭的不合身。母亲和我,都是高兴的。母亲没有兄弟,外婆从不出门,能做这事的只有外公一人。等外公回去,母亲似乎哭了,她又想起了她没有兄弟。外公和外婆,包括母亲和她的妹妹们,在乡下,为此受尽了歧视,说绝了户。这个故事,可阐释的很多,在此留白,一句也不说了。

二十世纪八十年代中后期的中国乡村,杂陈着各种复杂的气息。而乡村的孩子,依然在故事中长大。故事模糊了虚构和现实的界线,这像大自然融合了天地,我们往上看到的虚空与往下踩到的结实大地,都再真实不过了。没有音乐,风像是长笛；半坡的松涛声，如同教堂的管风琴。我听过大自然的音乐，它发育成我记忆中乡村的谣曲。静谧而柔和，像是远古的世外桃源。乡村并非总像平静的大海，有时也会卷起汹涌的波涛，像摄食魂魄的鸡冠蛇。我忍不住又要描述一下我所生活的村落了。有湖泊，有不高的丘陵。湖泊庞大，像是大海疼爱的私生子；山丘低矮，一看就是高原不争气的弃儿。满山都是松树和枞树，间或有竹林和油桐。除了枞树，别的我都喜欢，尤其是油桐。油桐果实结实，像苹果，又像石榴。这两种东西我们那儿都没有，油桐足以满足想象。种油桐大约是水的缘故，那时湖面作业的都是木船，要刷桐油的。水透明又柔软，山就不一样了。

要是有人早几年去过我们村，也许会感叹人类的伟力。那么大的山体，几乎全由石头构成，土只有地表浅浅的一层，有的干脆连那点遮羞的土层都没有，赤裸裸地突兀出来。小时候，站在巨大的能够引起回音的石墙面前，那上面密密麻麻的凿痕让我感到触目惊心，它们从视线的高处一直落到地面。早远的痕迹发灰发黑，有青苔的痕迹，新近的则是红褐色。石匠使用的工具不过是钢钎、凿子和铁锤。他们使用这些简单的工具从巨大的山体上凿出一块块坚硬的石头，换取他们热爱的柔软的粮食。那么多的石头，一代代人趴在上面，将它们敲打成规则的长方体，用于房屋地基的建筑。据说在民国时期，村里有石匠将石头顺着长江运到武汉,换回救命的粮食。船都是小船,那能装下多少石头?试想一下,一条小船,装着满满一船石头,船小石头重,船舷擦着江水。君看一叶舟,出没风波里,并非为了美味的鲈鱼。一船石头能换回来一袋米吗?我不知道。(我的先人们,你们受苦了。)把船划到武汉,又划回来,来回至少上百公里。一船的石头,一袋米。当时村里的穷,母亲是极有感慨的。她说,我嫁过来时,你们村真穷啊,猪槽是石头的,水缸是石头的,洗脚盆是石头的,连脸盆也有石头的。她说的这些,我还有记忆,石桌、石凳、石头门槛,在我们村再常见不过了。打石头要力气,石匠通常胳膊粗壮,身体很好。我要讲一个石匠的故事。

石匠有女若干,有子一人。石匠老婆从外乡嫁过来,说着一口不合群的方言。连续生了几个女儿,石匠老婆被揍出一身抗打的肌肉。有时候到了傍晚,石匠喝了酒,一遇到不高兴的事情,抓着老婆就打。石匠老婆也不跑,蹲在地上哀号,也不是我愿意的啊,也不是我愿意的啊。老天爷大概是看不下去了,终于在石匠快要绝望时,给了他一个儿子。这个儿子,石匠疼爱有加。三岁之前,这个孩子没有名字。据说这样,小鬼就不会知道世间有这个人存在,也就不会找他的麻烦。儿子一天天调皮捣蛋地长大,这个不提。姐姐们出嫁后,儿子娶了媳妇。大概是知道丈夫尊贵的地位,儿媳懒得干活儿,田里地里什么都不干。石匠老婆成了儿媳听话的仆从。儿媳懒，石匠老婆并不在意，劳碌了一辈子，她不怕干活儿。她伤心的是儿媳嫌弃她，儿子却也不管不问，有时还向着老婆。石匠老婆和村里婆妈说话时，经常掉眼泪。她说，我也不是个邋遢人，每次洗碗洗得不晓得几干净。她每次拿碗吃饭，还要到水缸里舀碗水荡一下。婆婆，你说，碗要是真不干净，拿水荡一下能干净吗？她就是嫌弃我，想着办法嫌弃我。儿子也不成器，他要真是个男人，就应该像他老子打我一样，狠狠打他老婆。婆妈们陪着石匠老婆谴责她的儿媳，这让她更伤心了。这些石匠都不在意，只要儿媳给他生个孙子，什么都不是问题。儿媳的肚子倒也争气，生了一个孙子，又生了一个。石匠高兴得不行，石匠老婆降级为全家的奴才。

小孙子不到三岁，石匠得了病。治病的钱，多是几个女儿凑的。凑到后来，女儿们说，再这样凑下去，老公也有意见。石匠说，那不治了。病了的石匠没了力气，女儿们也不好再补贴娘家。儿媳的脸色变得更加难看。有天，石匠在水缸里舀水喝。儿媳看见了说，你莫拿瓢舀水喝，也不晓得自己得病了。石匠自觉理亏，也没说话，把水瓢搁到一边。儿媳又说了句，挑水不见得你挑，还舀水喝。这句话触怒了石匠，我连冷水也喝不得一口？儿媳说，外头那么多水，哪里不让你喝。石匠拿起铁锤，要把水缸砸了，老婆拉住了他，砸不得砸不得，砸了又要钱买。石匠放下铁锤，一屁股坐在地上。那天晚上,石匠在想什么,没有人知道。第二天一早,村里有人看见石匠进了石场。石场三面环山,只有一个入口。站在入口处,喊一声,一会儿声音就折了回来。这是我们小时候最喜欢玩的游戏。后来读书,老师讲到回音,我们村的小朋友没有一个听不明白的。大热的中午,石场的石匠都回家了,连知了都在午睡。突然石场传来"嘭"的一声闷响。由于回音的缘故,响声传递了几个来回,消失在炎热中。那时的石场,用了炸药。等到下午,天凉爽了一些,有消息从石场传来。石场发现了一具尸体,只剩下个躯干,头都炸碎了,脑浆、骨头、肉碎飞得到处都是,不晓得是哪家的人。传消息的人说,把雷管含嘴里炸,那是下了多狠的心。不消说,大家都猜到了。石匠老婆一听到消息就往石场跑,儿子和儿媳坐着继续吃饭。葬了石匠,有人问起缘由,石匠老婆说,他早饭都不肯吃,饿着死的。一大早去了石场,来来回回转了几个小时,他在想些什么呢?石匠死后很多天,我都不敢去石场。那年的油桐采得比往年要多,大概因为孩子们不敢去偷摘吧。

石匠的样子我早就忘了,这样的事在乡间也算不得稀奇。祖祖辈辈的人过着的不过是相似的生活。我确信我记得我们村迄今为止最为高寿的老太的样子。那时,她已年过九十。一个人住在牛棚改成的屋里,自己做饭,自己砍柴,自己拿着壶到湖塘里舀水。她没有地,也不可能再去从事农业。她吃的菜和粮食全靠偷盗,偶尔能吃到从湖里捡的死鱼。村里人看到了，都避一下，当没看见。就算当着别人的面，老太也视若无睹。全村的菜地都是她的，全村的米缸也都是她的，这都是小事。老太有时还在人家的米缸拉屎，这就恶心人了。老太看人阴森森的，让人害怕，她住的屋也是全村的禁地。我每次从那里走过，又是害怕又是好奇，偷偷瞟一眼，赶紧加快步子。她并非没有子嗣，实际上，子孙繁盛。有年夏天，老太腿上长了疮，她坐在门口，一群群苍蝇围着她的腿飞舞。老太神情淡定地赶苍蝇，把一条条肥壮的白蛆从腿上的腐肉里拣出来，扔到地上。她周围弥漫着异样的臭气。所有人都躲着她，她看人的眼神更加凶狠。村里人都觉得老太过不了那个夏天，到了秋天，她的腿上露出瘆人的白骨，小半边肉都没了。雪覆盖了冬天，老太想是死了，村里没人想起她。春天来临时，她提着水壶再次出现在湖边。还是没有人和她说话。多少年了，她被视为家族的不祥之物，因为她的高寿，她的儿子，甚至孙媳早早死了。人们都说，她把儿孙的寿拿走了。她是活着的幽灵。后来听说，老太的葬礼盛极一时，那时我已离开村庄。作为乡村少见的百岁老人，她的后人跪出了难得一见的规模。子孙们抬着她的棺木将她葬在山上，满是欢欣和喜悦。

不管石匠还是老太，以及我见过没见过的先辈都埋在了那片土里，一层层的白骨。我后来查过资料，据说我们村的那一宗属"三田李"，是唐太宗李世民第九子高宗李治十世孙李沕的后裔。到底是传说还是史实我懒得考证,我们的姓氏确定无疑。我说的这些山和水如今已不复存在,亚洲最大的物流机场覆盖了我们的村庄,也将祖先的白骨或灰土压在机场的跑道和停机坪之下。无论是谣曲还是哀乐,都已画上休止符。它们都面向一个可知的未来,参与到以前从未预料的世界之中。围观的人都散了吧,且让我喘一口气,祖先的魂灵太重了。

愤怒的蝴蝶

你一定看过这种表演。舞台上，一个胖子手里拿着两只踌躇满志的大铁球。他用各种夸张且颇具戏剧性的方式向观众证明，那是两只货真价实的大铁球。有好奇的观众跑上台去，掂量铁球，又把它们放下。那是两只真的铁球，又沉又重，闪烁着幽暗狡黠的光泽。前戏做完了，和你预料的一样，胖子当着你的面把两只铁球吞下。你的嗓子发出一阵呜咽，想象着冰冷的铁球顺着喉咙进入你的胃部，它们压迫着你的神经，让你想吐。你不能吐。吞下铁球，一番展示之后，胖子把铁球吐了出来，砸在地上发出"嘭嘭"两声得意的响。你像往常一样，鼓掌，微笑，离开。你见多识广，知道这不过是再正常不过的表演罢了。你见过吞剑的，一把长剑从嘴里刺下去，表演者的脖子僵硬成一条直线，又拔出来。还有吐火的，汽油味儿弥漫在表演场。你还见过表演失败的，汽油把衣服都烧着了，工作人员忙着救火的样子可把你乐坏了。这些小把戏，一点都不能打动你，你见过太多高级的玩意儿。这些东西，只配出现在三流景点的四流舞台上。没错，是这样，我也是这么想的。

表演快结束了。我有点热，还不想走。观众大多还没有散，他们还在等着最后一个节目。轰炸一般密集的音乐响过后，着力强调的亢奋之音消散，主持人让出舞台。舞台上出现了一个大胖子，手里拿着两只铁球，站在他旁边的还有他的伙伴。他将负责挑逗观众情绪，将这场表演推到他预期的高潮。铁球发出灰青色的光，我知道胖子要把它们吞下去，吐出来，如此而已。这是意料之中的，作为见多识广的文明人，我对这没什么兴趣。甚至，我居然是厌恶的。人为什么要吞下大铁球，为什么要把长剑刺进嘴里，而吐火真的比烟花更迷人吗？不是，不是，文明的人类，你们知道这些都是在伤害身体，引起你们兴趣的恰恰也是这点。因为伤害和违背常理，它才变得神秘，让人好奇，成为可供表演的节目。前奏似乎有点冗长，胖子拿着铁球试探，为难的样子。台下心急的观众开始叫喊，催促胖子快点把铁球吞下去。这不过是一个一日游的景点，时间很紧，他们还有很多东西要看。外面中西结合的建筑，绕城的河水、游泳的鸭子和鹅，以及明信片、烧烤、各色的小吃都在等着他们。有的观众站了起来，牵着孩子，准备离场的样子。他们已经在表演场待了半个小时，看过歌舞和魔术。和那些比起来，吞铁球要单调得多，也不具备太强的表演性，实在没有一定要看完的理由。胖子拿着铁球，目光开始徘徊，他不确定要不要快点把铁球吞下去。一番装腔作势的渲染之后，终于还是开始了，胖子将铁球放到了嘴边，蹲好步子，直起脖子，他吞下了一只。零零散散的掌声响了起来。胖子收拾了下身体，紧抿着嘴，在舞台上走动。他指着肚子暗示观众，他把铁球吞了下去。现在，铁球在他的体内，他只能像只刚刚从冬眠中醒来的熊，迟缓而艰难地移动。

有观众开始离开，铁球已经吞下去了。最刺激的一幕看完，他们可以走了。很快，胖子又吞下了另一只铁球。我站了起来，热气散去，我想出去喝一杯，舒服地坐在树荫下。进来时，我注意到不远处的稻田，金灿灿的一片，有些故乡的意思。胖子微微扭过脖子，看着观众席，他的脸憋得通红。观众挤成一团往外走，密密麻麻的，有人边走边看着舞台上的胖子。我牵着女儿，还不急，妻子坐着还没有起身。很快，观众散去了大半。我低头看了下手机，没有新的信息，也没什么可看的。人群退场的嘈杂中，舞台上"嘭嘭"响了两声。我抬起头，看见胖子把铁球吐出来了。他弯腰捡起铁球，我低下头继续看手机。突然舞台上传来几声大喊，那叫声把我吓了一跳。胖子手里拿着铁球，浑身的肉一抖一抖。他冲着观众席大喊，你们为什么不看我表演？你们为什么不看我表演？胖子一脚踢翻舞台上摆放铁球的高脚凳，两只手举了起来，像是想把铁球扔向观众。他狂怒的样子像一头发疯的公牛。还没有退出表演场的观众愣在了那里,紧张地贴着走道边的墙壁。舞台上冲过来两位工作人员,一把抱住胖子,将他往里面拖。胖子一边挣扎,一边喊,你们为什么不看我表演完?太欺负人了,你们为什么不看我表演!他把铁球砸在舞台上,嘭——嘭——

发生了什么?这一切来得太快,而且让人意外。我见过很多失态的人。但我从没见过一个舞台上失态的艺人。即便吞铁球,即便在下三流的舞台上,即便你只是一个十八线艺人,你也应该知道,你是在表演。表演,意味着一切并不真实,一层浓妆遮盖了你,那不是真实的你。你应该接受被漠视的命运,你不能强求观众给你什么。这么浅显的道理,他应该懂。没办法猜测胖子的愤怒。我只能暗自以为,这只是他演艺生涯中的一个意外。到底是什么触发了这个意外?这属于神秘学的范畴。也许他吃了个并不愉快的早餐,也许只是想起了一件不愉快的往事,或者干脆就是他第一次体验到了羞辱。他觉得,所有离开的观众都在羞辱他。这都是可能的。好几年了,我时常想起他,猜测他愤怒的原因。通常,我会有一种不恰当的心酸,感受到命运的纤弱和无力。舞台上的胖子长得肥硕,他有粗壮的脖子和松弛的腹部。从他的眼神和眉间距可以判断,他可能还有并不优越的智力。他每天在舞台上吞铁球,这是他赖以活命的本事。为了练这门活命的本事,鬼知道他经历了什么。如果没有意外,他一辈子将在吞铁球中度过。铁球不是食物,吞下去再吐出来,却会为他带来他活着需要的东西。每天进口的铁的味道会不会让他丧失对食物的胃口,成为一个厌食症患者?我不知道。我几乎可以肯定,这是他唯一一次在舞台上发火,此前没有,以后也不会再有。没有一个老板会忍受冒犯观众的艺人,更何况,这种冒犯可能会带来灾难性的后果。他手里有两只铁球。对老板而言,观众比他重要得多。如果再这样,他会失去这个舞台,他得重新乞讨一个生存之地。为什么不看我表演?为什么?我不忍心说出"职业尊严"这四个字。对凡人来说,职业尊严过于奢侈,活下去才是现实。不知道名字的胖子,你不会知道,我经常想起你,你的叫喊不止一次让我心碎。

再说说另一个人吧。我知道他的名字,党爱生。我能确定的是第一个字"党",另外两个字是发音,确切的字无从知晓。他是个孤儿,据说"党"是收养他的那家孤儿院所有孩子的姓氏。我没有求证,他也说不清楚,暂且当确实如此吧。我认识他纯属偶然。我热爱喝啤酒,夏天几乎每天从黄昏喝到凌晨。天太热了,除了没完没了地喝啤酒,我找不到别的办法打发时间。酒吧我不想去了,太吵,毕竟过了爱热闹的年龄。我更愿意和几个朋友坐在路边,或者熟悉的小店里,一边喝啤酒,一边聊几句天。这充满人间气息的调性,让我欢喜。我没有工作,生活非常单调。偶尔傍晚从家里出来,看看路上的人群,陌生而匆忙的面孔,暗示我和世界之间还有热切的联系。我有几个稳定的酒友,他们经常告诉我一些故事,党爱生就是老林带我认识的。去年夏天的一天,老林对我说,来吧,你会喜欢这里的。老林给我讲过那家店老板的故事,那是一个神奇的人,他开店好像不是为了赚钱,而是为了把家里败光。他也确实具备一种特殊的技能,做任何事情都会失败,失败的原因只有一个,他以为他做得是对的,事实却证明,他从来没有对过。他真正做得正确的事情只有一件,出生在一个有五个姐姐的家庭,他是家中最小的弟弟。姐姐们愿意支持小弟做任何他喜欢的事情,只要他不犯病,不犯法。他有癫痫,他并不是一个爱闹事的人,只是觉得他泼天的才华无人理解罢了。那家店我去过几次,搞得不像个样子,随意又邋遢。老林再叫我去,我不太乐意。他说,来吧,你会喜欢的。

去到店里,老林和几个人正喝着,老板一个人在忙碌。打过招呼,我笑道,又成光杆司令了?活该。老板可能真是个天才,一天中他能想出八个主意,他招的员工整天在他五彩缤纷的主意中迷失自我,他们不知道到底要干什么。老板非常苦恼,为什么没人能够理解我?这些蠢笨的员工,要么干不了一个月被老板赶走,要么三天之后主动走人,能坚持半个月的寥若晨星。找到桌子坐下,老林笑了笑说,老板招了个员工，还没上班，等会儿你就看到了。喝了几杯，老林对我说，叫你来，想着你会感兴趣，老板招了个活宝。等我们喝了半打，外面走进来一个瘦高的年轻人，十七八岁的样子。他太瘦了，脑袋显得特别小，状如鸵鸟。就是鸵鸟，长长的脖子上耷拉着一个细小的脑袋，怕是随时会掉下来。老林指着年轻人说，爱生，这个店里资格最老的员工。爱生，你到店里多久了？年轻人听到声，脖子慢慢扭过来，像是想了一下，两个月？我不记得了。他脸上挤出一团笑，抱歉的样子。老林说，老板捡回来的。

大概两个月前，某天傍晚，店还没开门，老板在门口碰到了党爱生。党爱生给老板递了根烟说，老板，我到你这里上班吧。老板说，我又不招人。党爱生说，你招我就行了。老板说，我为什么要招你？党爱生说，我没钱了，要到你这里上班。老板说，我认识你？党爱生说，不认识。我刚下车，我从东莞过来的。出于天知道的原因，老板真的把党爱生留下了。对此，老林的解释是，谁知道他们两个怎么想的，但是，你不觉得他们两个搭档挺合适吗？把党爱生招进来，老板发现，党爱生什么都不会，甚至啤酒的牌子教了几十次都认不全。店里，一共只有四个牌子的啤酒。客人要啤酒，党爱生看到什么拿什么，不光牌子，数量也很少拿对。这也就罢了，主要是党爱生经常对老板发脾气，说老板懒，总是要他一个人干活儿，而且水平也差，买的羊肉穿不起来。那是一个多么差劲的老板,什么都不会。党爱生说,什么都要我教他。每天还要我上班,迟到一下还要说我,他还不是经常迟到。每次说出去买菜,好长时间不回来,到处玩,还当老板? 老林告诉我这些时,我笑得眼泪都快要出来了。

小店附近有个停车场,不大,里面坑洼不平。门口照例有个岗亭,保安坐在那里,收取停车的费用。保安姓邝,五十出头,刑满释放人员,据说他把妻子的情人打成终身残疾,换来六年的刑期和妻离子散的下场。停车场位置有点偏,场地又不大好,这一带说不上繁华,马路上的停车位绰绰有余。过了晚上八点,停车场通常空荡荡一片。老邝也懒得看场子,他出来喝啤酒。每次一瓶老珠江,外加三根羊肉串。就坐在外面的小桌子上,抽着烟,看看过路的人。他认识了党爱生。见到党爱生第一眼,他对老板说,你干吗招了个傻子? 老板笑嘻嘻地说,他不傻,只是你们这些凡人理解不了他。他,说不定是个天才。

店里闲下来时,老板让党爱生穿羊肉串。党爱生叼着烟,把肉搬到老邝桌上,也不管老邝是不是客人。老邝坐的那张桌子,在他看来,是他的,不管有没有人,他随时可以坐在那里。党爱生第一次坐在老邝面前,老邝愣了一下,这是什么意思? 党爱生看着老邝,神态自若,可能还有点好奇,为什么老邝会坐在他穿肉的桌子前? 既然坐下了,那就坐吧。老邝发现,党爱生讲究,肉串肥瘦搭配不说,他看不得肉大小不一，他得找到大小一致的肉块，才肯把它们穿上签子。即使上了签子，觉得不合心，还得拆下来重新穿过。他穿得太慢了，一分钟也穿不了一串。老邝见状长叹一声，你这样不行的。他拿起签子，帮党爱生穿肉串。老邝穿的肉串，党爱生看不上，他说，你怎么穿得这么丑呢？要像这样的。他举着他穿好的肉串给老邝看，要这样的。老邝哭笑不得，党爱生穿的肉串，要么一串都大，要么都小，大小倒是一致，也漂亮。他说，爱生，肉串不是这个穿法。党爱生不听。老邝没有办法，只好等党爱生进店里干活儿，帮他重新穿过。一来二去，两个人成了朋友，互相发烟，也说几句话。老邝说，我要不帮着他穿，这点肉他穿到明天早上也穿不好。穿不好倒也罢了，他来来回回地拆下来，穿上去，把肉都戳碎了，浪费东西。老邝时常教党爱生做人做事的道理，老邝说，党爱生不作声，听着。等老邝走了，党爱生对老板说，老邝怕是脑子有问题，一点事理都搞不清楚，整天胡说八道，我都懒得教他。

　　有天，老邝找到老板，对老板说，你管下爱生，别让他到处乱跑。老板说，他没乱跑啊，蛮好的。老邝说，还没乱跑，哪有一天洗三次脚的，你发的那点工资，他都送洗脚店去了。这傻孩子，也不知道心疼钱。我和他说过，他不听。你是老板，看他听不听你的。老板找到党爱生一问，党爱生承认了。想了想，老板说，你带我去吧，我也想洗个脚。见到那个洗脚妹，老板明白了。他对党爱生说，你喜欢她？党爱生点头。老板说,那她给你做老婆好不好?党爱生却摇了摇头。老板有点惊诧,问,为什么?党爱生说,她比我大。老板说,大点没关系。党爱生说,那不行,她比我大,我保护不了她。老板问,为什么?党爱生说,我只能保护比我小的。老板又问,那你想和她睡觉吧?党爱生瞪大眼睛,指着老板的鼻子,半天挤出几个字,你,你是个流氓!等党爱生气消了,老板说,那你也没有必要一天洗三次脚,三天洗一次好了。党爱生不吭声。老板说,你要是不同意,把宿舍钥匙还我,我不准你住宿舍了。听到这话,党爱生怕了,勉强点了点头。党爱生不懂得怕。对他来说,世界非常简单,无所谓对错,哪怕饥饿也不能构成威胁,他吃什么都可以。唯有一点他怕,怕没地方住。这个老板也是偶然知道的。有次,党爱生玩了通宵的游戏,没回宿舍。他和老板说起这事儿,老板开玩笑说,你不住宿舍,那把钥匙还我。听老板刚说完,党爱生"扑通"一声跪在了地上,他哆嗦着哀求老板,老板,你别把我赶出去。我求你,求你了。老板大惊,这还是那个老和他吵架,天不怕地不怕的党爱生吗?他赶紧拉起党爱生说,你傻啊,我逗你玩的。党爱生满脸的眼泪,喉结剧烈地抽动。后来,老板跟老林说,你问我为什么收留党爱生,你说,我不收留他,他怎么办?他能碰到我,也是缘分,就当我多了个兄弟吧,多他这一口饭,吃不垮我。

夜深了,街上的人很少,店里只剩下我们几个人。老邝和党爱生坐在树下穿签子,他们还在小声说话。老板过来坐了一会儿,我对老板说,叫爱生过来喝酒吧。老板说,你不怕他气你? 我说,他能气我什么,喝个酒的事情。老林抿着嘴一脸坏笑。老板喊了声,爱生,过来喝酒。党爱生磨蹭了一会儿,小心翼翼地穿好手里的签子,懒洋洋站起来,扯了几张纸巾擦了擦手。一坐下来,他说,又要我喝酒,我本来今天不想喝酒的。老林说,那你赏脸,陪马老师喝几杯。说完,给党爱生倒了杯酒。党爱生拿起杯子说,那好吧。他一口喝完,没有和我碰杯。喝了几杯,老林意味深长地说,马老师,你还没和爱生玩过色子,你试试。我说,一起来吧。很快,我发现,这是一个艰难的游戏。原本,摇色子规则清晰、准确,谁输谁赢一目了然。这个游戏其实就是关于规则的游戏,规则大于一切。而这一切,在这里失效了。对党爱生来说,规则是一种随心所欲的东西。刚开始,我还试图理解他的思路。半个小时下来,我沮丧地发现,他的思路其实非常简单随意,极其随性的随意,没有任何障碍和束缚的随意。他可以六个六大于八个三,也可以小于四个二。就算比点数,任何数也可以大于或小于任何数。这一切,完全随机,在于他灵光一动的意志。游戏后来变得有趣极了。我们摇过色子,然后胡乱叫,打开了,问党爱生,这次谁输了? 可能是你,可能是他,可能是在场的任何一个人。你不需要问理由,因为,这一次的规则你并不知道。如果你问,你会得到一个符合逻辑的解释。是的，按照他临时想到的规则来解释，这次输赢是符合逻辑的。党爱生很快喝醉了，他喝得又快又多。那个晚上，我非常迷惑，他到底有着怎样的头脑结构？和通常意义的傻子相比，他太不一样了。出于好奇，我加了他的微信。第二天中午醒来，我翻了翻党爱生的朋友圈，只有孤零零的一条。是洗脚店开业的短视频，时长九秒，拍得摇摇晃晃的。一个瘦瘦高高的女孩穿着旗袍站在门口，手里托着礼花。应该就是她了。我发了个信息给老板，爱生喜欢的是这个女孩吗？老板回复"是的，他还是每天都去洗脚，我不说他了，他高兴就好。"

　　加党爱生的微信，本来是想看到点什么，那会让我更理解他一点。一天，一天，又一天，还是只有孤零零的一条短视频。我看过很多次了，党爱生应该看过更多次吧。让我意外的是，他好几次在晚上打语音电话给我，都是凌晨两三点。我睡了，手机长时间静音。没有语音信息，也没有文字信息，来电记录显示，他打了语音电话给我。早上醒来，看到信息，我回有什么事吗？太晚了，我睡了。没有回复，一个字的回复都没有，一连几天都是如此。我想，大概是他无聊吧，随意打着好玩儿。他不会想到，那个时刻，醒着的人不多，世界都沉寂在睡梦中。如果真有什么事，他应该会回复我。他打给我的语音电话，我一次也没有接到。几次之后，再没有他的电话打来。我也没有放在心上，毕竟，我和他之间，说不上有什么联系。尽管如此，我还是给老林打了个电话，和老林说了这事，特意交代老林，他要是再去店里，问下党爱生，是不是有什么事找我。老林说，他能有什么事，肯定是闲得无聊了，你不用管他。我问老林，他给你打过电话没有？老林说，那倒没有。我说，你有空帮我问一下吧。

事情很快过去了，我也忘了。再去那个店里，大概是一个月后了。老板还在无所事事地忙前忙后，生意一如既往的清淡。问老板亏不亏钱，老板说，也不亏，反正好玩儿呗。他可能真的把开店当个乐子，赚不赚钱，没那么重要。我问，爱生呢？老板说，让他去买几个茄子，还没回来。天还没有完全黑下来，迷迷蒙蒙的。我点了根烟，和老林叫了几瓶酒。过了一会儿，党爱生回来了，手里提着一个塑料袋，里面装了几根丑陋的茄子。他的头耷拉着，像一只鸵鸟。见到我和老林，党爱生没有打招呼，他把茄子丢到桶里，溅起一地的水。老板扫了他一眼，爱生，又发什么神经，哪个惹你了？党爱生斜眼"哼"了一声，径直走到门口的树下，点了根烟。老板也不理他，走到我们面前笑嘻嘻地说，你们别理他，神经病，也没哪个惹他，又发脾气。老林说，你对你爹都没有对爱生那么好吧？老板抓了抓头说，我没有办法嘛，那你说我怎么办？我又不能把他扔了。

一个晚上，党爱生都没有搭理我和老林。老林喊他喝酒，他也不理。老林给他发烟，他拿了夹在耳朵上就走。老林说,怕是发神经了,没见过他这样的。酒快喝完了,店里也没别的人,我准备走了。老林喊老板过来买单,党爱生突然走了过来,站在我们桌子边上。他耷拉着的脑袋立了起来,盯着我问,你为什么不接我电话?我愣了一下。党爱生扯着嗓子叫了起来,你为什么不接我电话?你不喜欢我!你不喜欢我!我正想说点什么,党爱生坐在地上哭了起来,边哭边喊,你为什么不喜欢我!外面路灯昏暗,店里面亮得像是白天,羊肉串和烤茄子的味道飘散在风中。党爱生,正坐在地上痛哭。在他的世界里,此刻,充满愤怒和绝望,还有悲伤。而我,因为不理解,心中充满迷惑和愧疚。

丰富多彩的脸庞

我好哭。这不是什么光彩的事儿，身边的朋友都知道。没见过我哭，大抵说明一个问题，关系不那么亲近，我也实在没有放声大哭的必要。我哭起来没什么征兆，一点没有刻意而为的意思，我又不是演员，不需要那么发达的泪腺。多半情况是，我可能漫不经心地说着什么事儿，突然一股强烈的情感涌了上来，几番克制之后，眼泪淹没了故事。最近一次哭我记得，就在前几天，儿子还在外面玩，他还没有回家。我和妻子、女儿坐在餐桌边聊天，和女儿讲了讲以前，关于痛苦与幸福的记忆。那是很多年前了，我们一家住在乡下。父亲在外上班，卖苦力的铁路工人，一两个月回一次家。多了舍不得，假期本来就少，路上还有花费。有几次他回家，带了鸡架回来。大约二十世纪八十年代中后期吧，乡下生活还很艰难。鸡架收拾得非常干净，几乎见不到肉。母亲洗了，炖了汤给我们喝。我还清晰地记得那时的感受，幸福，味蕾和精神的双重幸福。鸡汤的香气飘动起来，灰褐色的窗子都带着过年的味道。母亲把略略见得到肉的鸡架盛在我们碗里，我和姐姐妹妹像老鼠一样仔细地寻找着那难得的肉。啊，幸福。还有什么比这更幸福的呢？然而，此刻，当我再次复述这个场景，孩子们都在外面玩耍，我的眼泪又忍不住了。那要多么贫穷，才会因此而获得巨大的幸福。给女儿讲这个故事，我原本以为我会感到庆幸，那样的日子终于过去了，我不会痛苦。当眼泪漫出来，我才知道，我从未忘记过它。它已经不是痛苦，而是恐惧。妻子怕是骇到了，赶紧给我擦眼泪。我不爱这样的正午和清晨，它们一点也不美好。

　　我见过朋友们痛哭的样子，用各自的声调和形态。眼泪，天池里的水，只有上帝才能从中舀出一滴，它必须以情感为筹码。我收获得太多了，像是世界上最有钱的那个人。你有没有见过走夜路的人？在乡下的丛林里，没有路灯，只有清白的月亮。走夜路的人，通常只有一个，偶尔会有两个三个，不会更多了。他的样子像极了孤单，却异常完整。我走过夜路，沿着漫长的铁轨，黝黑的光形成两条平行线，我因为恐惧而不愿意白天来临。只要天还黑着，夜路就可以一直走下去。世界还在沉睡，不用解决任何问题。当人们从沉睡中醒来，他们总是试图解决一些问题。在漫长的夜色中，一个人孤独而完整，他不需要世界参与，有月色就足够了。那天夜晚，我因为害怕天明，害怕不得不面对的问题而蹲在铁轨边放声大哭。四野空阔，火车还没有来。天终于还是一点一点地挤出光来，这让我更加绝望。一个挑着担子的农妇停了下来，她问我，你怎么了？我没有回答，只是哭。她走的时候，还回头看了我几眼，担心的样子。她的生活很快会让她把这个场景遗忘，像什么都没有发生一样。谁能够理解一个走夜路的人呢？那必然是白天已经无法解决了，只剩下黑夜来包容它。那次之后，我再也没有走过乡下的夜路。我对世间的事情，不再那么害怕，知道一切总有解决的办法。如果没有，那就拖着吧，事情总会有完的那一天。就像一条绳子，或者钢丝，总有一天，它会自己断掉，而不用你费任何力气。我对夜路的恐惧却变得前所未有的强烈，我害怕没有修改的自然，甚至遇到的人类，这些总会给我带来不安全的幻想。

　　让我想想美好的哭泣。有过的。下午，我和朋友们坐在院子里聊天。阳光洒了下来，留下墙壁上的温暖和亮，猫在遮光棚顶轻手轻脚地滑步。它黄黑的毛发像是一团拍坏的照片，模糊，有着不太容易区分的边沿。葡萄快熟了，我甚至能闻到甜腻的香味，像轻薄的香水味。那个下午无法让人不想起里尔克的句子："让枝头最后的果实饱满；再给两天南方的好天气，催它们成熟，把最后的甘甜压进浓酒。"我们喝着法国、澳大利亚、智利的红酒，我们的舌头并不具备完美的分辨能力，这没关系。美酒终于陶醉了我们的头颅，我们把话题引向了一个不应该谈起的话题。一个作家是否有着确信无疑的才华？当然是有的，我们彼此都确信。很快，我们的确信变成恐惧，我们真的有才华吗？接着，沮丧攻破了我们一直试图坚守的阵地。当沮丧的大军汹涌而来，一切变得不可阻挡。只有泪水还在同情我们，安慰我们。巨大的心酸和甜蜜，让空气变得黏稠无比。他站了起来，一言不发地走出了院子。这是他陌生的城市，陌生的院子。今天下午，他刚刚从遥远的西北来到这里，行李箱还在桌子边，来不及住进酒店。我点了根烟，并不想陪他去走走。他能去哪里呢？我不知道。我想安静一会儿，把眼泪晾干。即使我是一个没有才华的人，我向缪斯伸出手来，向她讨一枚同情的硬币。她不给我，这也没什么好羞耻的。乞丐不能因为被拒绝而感到羞耻，如果他因此而羞耻，他将死于痛苦。一伸手便可得到的，那不是乞讨，那是专制的权力。如果缪斯扔给我们一枚可以称为才华的硬币，我们将因欣喜而不可自制。灯光亮了起来，好几个小时过去了。我又独自喝了半瓶红酒。趁着外面还有光，我去找他。篮球场上没有人，除了他。那是附近厂区的篮球场，很小，他坐在树影下的角落里。即使篮球场很小，由于空旷，他显得更加瘦小。我给他递了根烟。他抽完，站起来，我们拥抱了一下，顶了顶头，回到了本应属于我们的房间。那里，有热烈的酒水，还有从珠三角各地赶到的朋友，我们一起欢庆一个被制造的夜晚。陌生而美丽的姑娘们,她们会唱歌,乳房充满青春的热情。当我再次喝醉,想到"我没有才华",我没有再哭,我想到世界上每一个像我一样的人。他们都还活在这个世上。我读过谢尔盖·叶辛的《模仿者》,里面有一句话:"我丧失了生活的兴趣。我奋斗得太累了。尤拉,我的天赋是非常微薄的。"他把自己比喻成一只乌鸦:"我安慰自己,乌鸦是大自然的清洁工。"那是一只艰难的益鸟,我也是。

那是什么时候?亲爱的朋友,我忘了。那时,我在北京。你从遥远的广东来,你离我家很近,我才是远游的人。君从故乡来,不知故乡事。信息太发达了,我和再遥远的世界也不过隔着一个手机。所以,你从故乡来,我们也没有谈起故乡事,甚至我们都没有问起彼此的近况,这有什么好说的呢?我们都知道,我们日复一日地过着相似的生活。它如此安全,以至没有挂念的必要。你给我打了个电话,约在学校附近的酒馆喝酒,就像你从家里出来,想起了我,于是打了个电话一样。你还是那么瘦,在北京热闹的街上,你显得太瘦了一点。就离这个小酒馆不远,坐几站地铁,你能到一所名叫"中央民族大学"的学校,你在那儿读过四年书,写过一些诗,被几个姑娘爱过,也被她们甩过。你可能还有几个秘密的故事,从来没有和人分享。满大街的人,谁不是满身秘密呢?比如我,我身上到底藏着什么,我自己都不知道。如果知道,怎么可能还会有悲伤?我会把我不喜欢的全部干掉。

亲爱的朋友，那天晚上，你不是重点。我们喝了半天的酒，你告诉我，你有个朋友一会儿会过来。北京太大，你说得又太晚，他过来怕是两个小时之后的事情。我一点都不着急，和你一起喝酒，天亮天黑又有什么关系。你也是这个世上，我难得能说上几句话的人。他过来时，你给我介绍。他来之前，你也给我介绍过，我知道那个名字。大概是背着帆布包吧，又高又壮，他可比你结实多了。他有着极好的酒量。和他的名字一样，他有着果敢的金属感。我喝得有点多了。出于礼貌，我听着你们说话。都是些通常的，朋友们见面时说的话，你们还谈论了诗歌、圈内的见闻。如果不是后来你们说起了别的，我想，即使我喝多了，也不会哭起来。我已经知道他是个非常聪明的北京人，高考时想的是到底去清华好还是去北大好。他去了北大，那更像一个文艺青年该去的地方。大学毕业，他进了高校，过着该有的生活。一切看起来都很美好，直到说起母亲。他的母亲，在他还不到十岁时死掉了。她出门时，肯定没有想过她不会回来。我肯定是喝多了，我问他，你想她吗？他说，不想。真是对不起啊，我又哭了。他看着我，不知所措的样子。过了一会儿，他说，他还有事，先走了。他本来说能喝一斤的，那会儿，他喝了才不到半斤。他的帆布包旧了，应该换一个新的。你看着我，平静的样子，你对我突然哭起来这件事，想必是习惯了。为什么是我哭了，而不是他？我没有想起母亲。我的母亲，她是个难以描述的人，她多病多灾,这能怨谁呢? 父亲,还有我们,因为她的病痛也是遭了罪的。我们这些凡人,活在世上,就像一捆稻草,只有靠在一起才能站起来,才能活命。晚年的母亲身体好了一些,我和她的话很少。我已经无法辨析对她的爱和尊敬,还有道义的比例。有一点我能确信,我想她活着,不要死去。我还是个孩子,我不能没有母亲。

你有三十多年的单身经历,没有结婚。这三年,你结了两次婚,像是要把欠下的债还回来。我见过你儿子,那么新鲜的生命,长得不太像你,更像你的妻子。很长时间,你没有出来和我们一起喝酒了。最近一次还是在中午,你在单位刚刚办完事,打电话给我,问要不要一起去喝一杯。我当然愿意。很长时间,快半年了吧,我没有见过你。在你结婚前,我们有多少个夜晚是在一起过的? 一周一次还是两次? 那时,我这个已婚男人身边,还有不少你这样的光棍汉,现在很少了,要很仔细才能想起来。我们去了一个朋友的工作室,刚开张不久,院子里的泥土还很新鲜,撒下的草种刚冒出稀疏的嫩芽。茶台说是别人送的,倒是漂亮。你看着玻璃房里的帘子,芦苇编织的那种。你说,夏天到了,要把家里收拾一下,想买这样的帘子。不贵,好看,也隔热。就隔热问题,我们讨论了好久。你的样子没怎么变,话里生活的密度越来越大,具体而真实,它再也没有以前那么华丽了。喝了三罐啤酒,你接到电话,要带孩子去打防疫针。你站在路边等车,不缓不急。即使我那么着力地要把你留下再喝一点，也不过把钟表指针往后拨了十八分钟。你结婚前，有一个晚上，大约是秋冬季，天有点冷。我们喝过了几场，已经十二点多了，我们还不想回去。我想起了你说过的一家烧烤店，据说他家的螃蟹烤得非常好吃，满是膏黄。你在朋友圈里发过几次，我一直惦记着。我们为什么不去呢？在出租车上，你还在说，妈的，他们家的螃蟹烤得太好吃了，每次都要等半天。车停在一个拥挤的巷子口，店面不大，桌椅摆在人行道上。夜晚了，这个城市最让人迷恋的地方就在这里，几乎每条隐蔽的巷子里都摆着这样的塑料桌椅，满是热气腾腾的人间气息。烧烤和粥，各色小炒，美好的气味，和怜悯具有相同的气质，让人获得安慰。我们来得晚了，或者说太早，正是人最多的时候。等了一会儿，我们找到了一张树下的小台。四个人围着那张小台，要是脑袋同时低下去，没准儿能碰到一起。这不要紧，我们坐下来了，有权拿起单子，点我们想要的东西。螃蟹必须要有，我们跑这么远的路，不就是为了它吗？至于生蚝、肉串、茄子什么的，不过是微不足道的配角。点好东西，我们舒服地靠在椅子上。天气凉爽，甚至有点冷的意思，这很好啊。周围多是比我们更年轻的人，每张桌子上都有姑娘或是妇人，她们在学习恋爱，或者一次次不甘心地重温它。你叫了一打啤酒。我们都知道你正和一个姑娘恋爱，她后来成了你的前妻。大约因为恋爱，更容易让人想起前女友吧。

你从冬天讲起,兰州的雪下得很大,甘南的草原不到十月就枯萎了。这个故事,我零零散散听你讲过一些。年轻人,谁还没有几个故事呢?刻骨铭心的都是隐疾,疼在暗处,笑往往是廉价的。好几次我都想打断你,我不过想吃几个烤螃蟹,喝点啤酒,然后好好回家睡觉。等明天早上醒来,这一天又过去了,它交代得惬意而满足。这儿的螃蟹确实不错,个头虽小,黄结得真是结实,多得有点假了。旁边桌上有个小姑娘,想着法子撒娇。二十岁,再不撒娇就晚了,她显然明白这个道理。喝酒的间隙,我更愿意看着她,她的脸、她笑的样子,甚至她并不完美的下巴,都比听你絮絮叨叨有趣多了。我不得不把剥螃蟹的手停了下来,目光从隔壁桌转到你身上。你喝醉了吗?故事已经讲到了分手,该结束了。你站起来,说要上个厕所。你一离开桌子,我们都松了口气。看到你过街时,我们都以为你喝大了,招着手喊你,这边儿,你干吗呢?你转过身说,我买包烟。附近,士多店的灯还亮着。这种小店,附近如果有大排档、KTV 之类的,生意也会好一些。你没有往士多店走,你走到树下站住。我们都没有在意,一个喝多了去买烟的男人,不过如世间的蝼蚁,再正常不过了。听到树下发出的悲声,我还以为我听错了。开始是压抑着的抽泣,几声之后,哭声炸裂开来,撕心裂肺。凌晨的街上,一个醉酒的男人抱着一棵树痛哭。先是哭,然后,你开始呕吐,像是要把你的五脏六腑还给大地。朋友,你有一个恋爱中的女友。那时，你并不知道她会成为你的前妻。你为什么哭了？

还有这样一个人，他每天很早起床，跑步，但从不会给孩子们做早餐。他的朋友圈，几乎每天会有固定的一条信息，图片的，非常有仪式感，标题叫"裸言裸语"。今天的主题词是"疫情不单是一面'放大镜'，而且还是一面'照妖镜'"，内容写的是："疫情是一面'放大镜'，放大了每一家企业的问题，能痛定思痛改革的，也许能让企业在疫情后'大一圈'，'死不悔改'的大概率将被市场无情淘汰。疫情还是一面'照妖镜'，让许多妖魔鬼怪显出了原形。"每天的内容不同，大致谈的是企业管理、经济形势或者人生感悟。他是个诗人，还是个企业家，经营着一家规模不错的公司。在我熟识的朋友中，他大概是最有钱的人，可我一点也不羡慕他。我嫉妒过不认识的有钱人，因为我从没有了解过他们的生活，对他们的付出也是一无所知。对他，不但不嫉妒，甚至还有同情。人生一世，把自己过得那么苦，到底有什么意思。我问过他这个问题，他不觉得苦。他说，每个人做点热爱的事情本身就很幸福，赚钱当然好，在这个过程中获得独特的体验，非常满足。满足吗？我是一点都不会。我宁愿过得穷一点，也不愿意每天睡三四个小时，看无数的报表，开没完没了的会，做各种艰难的决定。我也是在做过之后才知道，一个公司的老板肯定是全公司最可怜的人，那表面的风光背后尽是心酸。当老板意味着你必须面对所有的麻烦，所有人都会把不能解决的问题推到你面前，而你退无可退。毕竟，真的心疼公司的，只有你一个人。他年轻时风光过，破产之后来到我所在的城市重新创业。他那些荒唐的故事，也是在那个时段。为了谈业务，他喝得醉倒在马路隔离带中间，等他醒来，身上一无所有。凌晨的城市啊，空阔的街道，他坐在马路牙子上，低垂着脑袋，想给妻子打个电话。哪里还有手机，眼镜被人摘了，腰带也被抽走了。一个男人，提着裤子摇晃在马路上，多么滑稽，他到底是一个醉生梦死的酒鬼，还是一个胸怀壮志的理想主义青年？一万双眼睛也给不出答案。和这些比起来，每天睡三四个小时，开车送货、联系客户、管理生产都不值一提。人可以疲倦到什么程度？如果他不讲，我不会知道，甚至也不会相信。有次，他开车回家，离家只剩下三四公里的路程，他用最后的力气把车停在路边，一头歪了下去。等他醒来，已经是两个小时以后。为了订单，可以拼到什么程度？某年经销商大会，头天晚上，他喝得大醉，直接被送到医院打点滴。第二天，他举着吊瓶参加晚宴，给所有人敬酒。心再硬的人，也是顶不住的，他收获了大量的订单。我想象过现场，他端着酒杯，身边站着一个人，举着吊瓶。他在偌大的宴会厅走动，像一条举着白旗的鲨鱼。那酒，我无论如何是喝不下去的。按我这好哭的性格，肯定会当场哭出来。这是在表演吗？我问过。他说，他需要订单，而且他确实被这个激情所鼓动。是不是有表演性质？可能也有，但我真的没想过要去表演，他的身体非常难受。和我讲起这些，他是笑着的。毕竟过去了，现在都还不错，吃过的苦被时间酿成了糖浆。他是朋友圈著名的正能量发动机，难得见到他沮丧的时候。每次遇到什么问题，我愿意找他聊聊，他也总能让我振奋起来。没什么大道理，说几句话就行。他表情萧索的时刻我见过两次。一次，说起妻子。在最艰难的日子，妻子安慰他说，没事，我们总能过下去，大不了我去做啤酒妹，也能挣回生活费。他说，我是个男人啊，我老婆怎么能沦落到做啤酒妹？说这话时，他的眼睛湿润，头往下低了一点。还有一次，说起公司的经营，他说，我现在非常小心，真的有了敬畏。我不年轻了，输不起了。如果再来一次，我不知道我能不能爬得起来。啊，我亲爱的朋友，你也是有软弱之处的，这让我更爱你。我一点都不羡慕你，这并非不尊重，你做的这一切，我都做不到。我更热爱舒适，希望平静地过我这一生。你是大地上的飞行家，真正的诗人。你行走世界各地时写的诗比你在家时写得更好，我相信那才是你。热情坚定，世界丰富，充满迷人的色彩。我常常取笑你，写一首诗要花几千上万的成本。值得的。我非常喜欢你的一首诗，最后两行是这样的："在隐秘的洗礼中／他原谅了世界对他的冒犯。"即使世界冒犯了你，你也原谅它。这很好啊。

这是你第几次来这条街？十多年了，你住得离它很近。入夜，过了十二点，大排档一字排开。这个季节，小龙虾的气味压制住街边的腥气。这些来自湖北或者江苏的怪物，莫名其妙地成为夏秋时节大排档最受欢迎的美食。虚张声势的盔甲，红艳艳的外壳，可怜的一丁点肉，浓烈的调料味，这到底有什么好吃的？更莫名其妙的还有，看到这玩意，我总是想起军舰鸟。我告诉过你，军舰鸟的翅膀展开，翼展可以达到两米。你猜，它有多重？这么大，怎么也得有十来斤吧。这个数字不算离谱，那么大的鸟，十来斤有什么不正常的。农场里的大鹅也有十来斤呢，那才多大。可是，军舰鸟大约只有三斤，和一只中等大小的鸡相当。巨大的翅膀、轻微的体重，让它具有非凡的飞行技巧。这种鸟怕水，靠掠夺为生。军舰鸟肯定不喜欢吃小龙虾，会嫌弃吧。两盘小龙虾摆在桌子上，还有别的东西，几乎没怎么动过。从晚上六点到此时，八个小时了，我们一直在喝啤酒。这是第二场。从坐下到现在，有两位歌手过来唱歌，三个人向你乞讨，还有一个擦皮鞋的。其中一个，有着明显的智力缺陷。她盯着酒杯，在桌子边站了好久。终于，她说，给我喝一杯。你说，你别喝了，去别的地方要钱。她又说，给我喝一杯。一次，又一次。你还是松了口，就一杯，不能多喝了。她答应了，喝完一杯，她还想再来一杯。你拒绝了。等她走了，你说，她贪酒，很容易喝醉，动不动躺在马路上，不安全。老板和老板的儿子都给你敬了酒，看得出来你们很熟。歌手很快坐在了我们的桌子旁，像是一位受邀的老朋友。他唱得真的不好，和前面来过的女歌手一样,那怎么能叫唱歌呢。你热爱音乐,常常和我讲起音乐对你的巨大影响。你经常千里迢迢去另一个城市,只为了听一场音乐会。你甚至对我说,文字能表达的,不足音乐之万一。而你知道,我是一个以文字为业的人,你绝无否认我工作价值的意思。我第一次和你来这条街。以前,那是好几年前了,我在这条街附近的一家公司上班。偶尔,也会和同事到这里喝酒,我从来没有留意过这些人,更没有深入交流的欲望。我和他们一样,不过是为了生活而已,那份工作让我羞耻。歌手开始讲述生活的艰难,不愿意工作的老婆、三个正要花钱的女儿,这些都压迫着他。他指着肩膀、大腿说,到处都酸疼。每天睡得那么晚,身体搞坏了。他说他三十五岁了,一天天变老,说不定哪天唱不动了,那时怎么办? 他怀念了以前的美好时光。三十五岁,正是最好的年龄,他的样子看起来比大他七岁的我要老。他一次次地和你碰杯,表示虽然这会儿正是赚钱的黄金时间,但你是哥们儿,兄弟,钱赚不完,他愿意陪你喝几杯。虚浮和焦灼像是一对亲兄弟,此时,它们完美地住在歌手的身体里。你给歌手、乞丐和擦鞋匠的钱比别人多得多,而你的鞋子平时从来不会擦。和你认识几年,你依然像一只还没有剥干净的笋,有太多我不知道的东西。开始,我知道你做生意。接着,你说你干过北派和南派传销,仔细地给我分析两派的差异。你睡过桥洞,挨过饿。这些,我都不太意外。有天,你说,你当过兵,曾经在空军服役。直到今天,我都在猜测,是不是你虚构了这个故事。你给我报几种机型的数据、部队的番号,说得流畅自如,没有停顿。甚至,你还现场演示出操口令。要么你是个天才的骗子,要么这是真实的。我不知道该信哪一个好。你经历的事情太多了,这让你虚无,又虚无又热情。夜已经深了,喝完酒回到你空洞的房间,你单身的床上。那将是另一个人。等你醒来,你会再次怀疑,你是否虚构了你的生活。书架上的柏拉图、尼采会告诉你,你是个哲学家。十个小时前,你是那条街上不存在的主人。

祭先人书

不亲爱的爷爷，你好。你大概不会想到，我会写到你。几十年过去了，我早已把你的样子忘了。如果没记错的话，你曾经有过一幅黑白的画像。几次搬家，画像早已不知所终，就像魂魄和名字虽然记在族谱上，你的故事——你哪有什么故事——谁还记得呢。我还没有忘记你。现在，回想起来，你似乎老得像一棵千年树桩，脸上沟壑缠绕，头发灰白凋零，眼里全无光彩。仔细算起来，你死时，不到七十，比我现在大不了三十岁。我和你，像是隔着一百年，甚至更为古老。如果世上真有修仙一事，我甚至觉得足够从初生的狐狸修炼成云霄的仙人。我懒得问父亲，他就住在我附近，隔着一栋楼。我也可以打个电话给他，问问你生卒的年月。他可能也不大记得，你自己恐怕也不一定记得。你一世糊涂，生的日子你不记得，死的那天和你已经没什么关系。

那天早晨，母亲挑了谷子去晒。她知道你快要死了，葬礼上，吃的喝的要准备好。母亲出门前还特地交代，记得喊爷爷起来吃饭。不亲爱的爷爷，你怎么会知道，母亲交给我的任务让我害怕。妹妹还小，我不得不接受喊你起来吃饭的任务。你不喜欢我，从我一出生就如此。我对你的不喜欢，也不亚于你。那时，我家住的是土屋，屋里本就昏暗。你住的房间在厨房边上，里面堆满了杂物、粮食和各种我早已忘记的东西。只有一扇很小的木窗子，几乎没有打开的时候，这让房间更加阴沉。你的床靠在墙边，现在想起来，除了灰色还是灰色，就像一张陈旧的黑白照片，斑驳发黄让人厌恶。我实在找不出更合适的比喻。死去前，由于你常年抽劣质的烟草，你的肺早就坏掉了。你可能死于肺病，也可能是别的。在那样的年代，你这样一个人死掉，有谁会觉得悲伤呢？你死前，我已不敢看你，你像一个幽灵。我还记得有几次，母亲忍着恶心去伺候你。你的鼻子里流出黏稠的脓血还是别的什么，它们从你的鼻子上掉下来，拉成一条粗壮的血淋淋的麻绳，扯也扯不断，似乎连接着你的五脏六腑。你像是要通过这种方式，把你的身体抽空，然后死去。总之，非常恶心。床边的痰盂，里面全是带着血的浓痰。你剧烈的咳嗽让我心惊胆战。

　　吃完母亲放在堂屋的早饭，我犹豫着，要不要叫醒你。我不知道你是醒着，还是只是暂时停止了愤怒的吼叫。一个快死的人，还那么大的脾气，你的咒骂和声嘶力竭的咳嗽，构成了我童年大部分的阴影。无论如何害怕，我还是要喊你吃早饭。你的屋里有着少有的安静。我站在门口,试探着喊了你一声,你没有动。我又喊了一声,你连头都没有转一下。换在以前,你该开始愤怒地咒骂我了,让我走得远远的。我在门口站了一会儿,你睡得那么安静,让我不敢相信。我猜,你可能死了。即使那么小,我也知道,死人没有呼吸,身上应该是凉的。我壮着胆子走到你的床边,那会儿,我完全忽视了你房间里的让人恶心的气味。我把手放在你的鼻子前,你不会知道,我最担心的不是你死了,而是你装死,只是为了咬我一口,然后骂我,你没有动。我把手放得更近了一些,确信你没了呼吸。你没有骂我,也没有咬我,这不是你。像是松了一口大气,我几乎带着欢欣跑出了门。在晒谷场上找到母亲,她问我,你喊爷爷起来吃饭了吗?我犹豫了一下,还是说,他可能死了。母亲赶紧扔下晒谷的工具回了家。一会儿,母亲对我说,爷爷死了。屋里很快围满了人。尽管你是一个不受欢迎的人,但你死了,死者为大。族人为你换好了早就准备好的寿衣,拆了门板,将你放在上面,你的头底下垫着从屋檐揭下来的瓦片。经过收拾,你的样子虽然略带痛苦,也算得上安详。我站在旁边看了你一会儿,觉得我不认识你,你不是我的爷爷。下葬那天,按照规矩,作为你的孙子,我要从你的棺材上爬过去。由于害怕,我不肯。父亲把我抱起来,硬让我从你棺材上爬了过去。看你被埋到土里,我有种难以言传的自由感。从此,家里没了这个人,多好啊。甚至,第二天上学,我高兴地告诉同学,我爷爷死了。

不亲爱的爷爷,如果你早已变成神灵,如果你能感知到我现在说的话,你会生气吗,会不会降灾祸于我?按你以前的脾气,你会的。现在想必不会,据说每个神灵和鬼魂都是平等的,他们超越了世俗的人间,具有平等的智力和虚无的肉身。在人间,你吃尽了苦头,想必也不留恋。你的生平我知之甚少。据说,我的太爷爷,也就是你的父亲,算是混得不错的庄稼人。我难以想象,在那个时代,他居然是个乡村生意人,开了间杂货铺。卖的什么,我不知道。成年之后,我试图搞清楚这个问题,没有人给我准确的答案,只是说反正做点小生意,日子过得还不错的。因为这个,你上过学。第一次听说你读过书,你难以想象我的震惊。你怎么可能读过书?后来,我想起来,我似乎看过你拿着报纸碎片发呆的样子。大概是由于生病,你的脑子坏掉了,成为村里公共的笑料。在我的记忆中,从来没有爷孙温馨的时刻,你给我的只有大而广之的耻辱和咒骂。即使是一个小孩,即使我继承了你部分的蠢笨,我也知道,因为你,我遭受了众人的嘲笑和羞辱。二十世纪八十年代初的乡村,多么缺乏娱乐,所有的残疾人都会成为娱乐的对象。这种娱乐残酷而现实,它让人接受了耻辱和歧视。你应该一辈子没有叫过我的名字,甚至,你可能没有意识到我是你的孙子,身上有你的血脉。

前几年我回了趟老家,特意找到了你的坟墓。你的坟墓风水不错,前面有大片的湖泊,背后有舒缓的山坡,算是依山傍水。在你坟墓右前方五六米,有棵很大的刺槐。那棵刺槐,从我有记忆开始它就在那里。我看到它的那次,它似乎并没有长得更加高大。想必是童年时,觉得它异常高大。再次见到它,我已经是快四十的准中年人,见过些世面,它的大不足以让我意外。你的坟墓满是杂草,两侧的侧柏长得不太好,倒也墨绿沉着,土地早已荒芜不堪。不亲爱的爷爷,虽然你不爱我,但你还爱着土地,我还记得你肩上的锄头。我把杂草拨开,踩平。年月久了,墓碑残损了些,字迹还算清楚,我在那里找到了我的名字。写到这里,我突然想起来,我拍过照片,应该还存在电脑里。果然是在的。墓碑上的字迹歪歪斜斜,想必出自不高明的乡村石匠之手。墓碑的上方刻着"祭如在"三个字,上面还有斑驳的红漆。右边是"山水千年秀",左边则是"儿女百世昌",中间刻着"故先考李公立旺大人之墓"。墓碑的右边有你生卒的信息,如果没错的话,你生于"丙辰年冬月初一",殁于"一九八三年六月廿一日",葬在"奶尔坟平淌地"。实话说,这是我第一次认真研读你墓碑上的文字,也是第一次确认你的名字和葬身之地的书面称呼。算起来,你生于一九一六年,死时六十七岁。这么说来,你说不上短寿。那个年代,寿命还受到"人到七十古来稀"的控制。啊,你死时,我还不到七岁,为什么我能感受到那么强烈的恶意?不亲爱的爷爷,我在你的坟前坐了一会儿,抽了根烟,还给你点了一根。我抽得很快,你的烟灭得很慢。我没有着急,一直等着它慢慢熄灭。我没有办法不百感交集。因为你,我甚至对生育抱有恐惧。我有过童年漫长的蠢笨期,母亲为此而焦灼,她担心我和你一样,来到世间只为接受漫长的羞辱。她把这种焦灼遗传给了我。当我有了女儿,直到她开口说话,我才放下心来。我的儿子,你的重孙,他来到世间,你不知道我有多紧张。我不止一次祷告,也祈求过你。如果你对子孙尚有怜悯,请让你的重孙像其他人一样骄傲地来到人间。你可能听到了。谢天谢地,他很聪明,今年已四岁。你坟前的烟熄灭了,我也起身。我要去看看奶奶的坟墓,给你生下两个儿子后,她成了别人的妻子,但她永远是我的奶奶。奶奶的坟离你不远,我爱她。

偶尔谈起你,母亲总会说,也是奇怪,你爷爷虽然讨厌你,却很喜欢你姐姐,对妹妹也好一些,就是不喜欢你。我也觉得奇怪。不说二十世纪,即便此时,乡村依然多是重男轻女的,不说在明面而已。母亲分析说,可能因为姐姐见得少,他也知道算是家里的客人。由于父亲常年工作在外,母亲实在没有办法一个人带三个孩子。田里地里,加上三个孩子,母亲身体本就不好,只得把姐姐送到了外婆家。我们一年见到姐姐的日子也少。姐姐回家来,都把她当客人似的。母亲说,看到姐姐,爷爷会给她搛菜,让她多吃点。要是有点好菜,比如鱼、肉什么的,他还会搛给姐姐。平时,他不准人碰的。贫穷的二十世纪八十年代,贫穷的乡村,我们一年哪能见几次肉。过年过节,家里沾了荤腥,母亲把菜摆上桌。我盯着鱼肉,筷子却不敢动。实在压不住馋虫,我把筷子伸向荤菜碗里,筷子还没有到,爷爷的筷子早就狠狠敲在我头上,说,好吃。母亲叹气,只好看着我说,你到灶屋吃吧。进了灶屋,母亲拿出一个小碗,里面装了荤菜,你就在这里吃吧,别让爷爷看到,要不他又要骂人了。我有多心酸,我舍不得哭,我要快快把菜吃掉,不让爷爷看见。不亲爱的爷爷,你一点不爱我。你荒芜的脑子里连人性的本能都丧失掉了,我迷惑的是你为什么还显得有点喜欢我的姐姐妹妹。我确信你没有同情和怜悯,更不懂得什么高深的道理。作为家里唯一的男孩,我当时并不懂得这在乡村的宗法社会中意味着什么,你大约也一样。要不然,你不会那样对我。你对姐姐妹妹的好,对比过于鲜明,这让我更加厌恶你。我还记得,我问过母亲,爷爷什么时候会死?母亲赶紧制止了我,她不是怕你听到,而是怕别人听到。尽管你是个广受厌恶的人,乡村朴素的道德却对你的家人提出了更高的要求,你的子孙也有孝顺和伺候你的义务。这实在让人为难。为难的不仅是你的子孙,还有你的妻子,我的奶奶。

在我们这个家族,奶奶像是一个禁忌。平日里,没什么人说起奶奶的过往。等我成年了,零零碎碎听到一些,拼凑出奶奶不完整的人生版图。小时候,每次说起奶奶,母亲总有些感慨的样子,说,要说女人苦,哪还有比过你奶奶的。我听得不太明白。奶奶总是干干净净的,我记忆中奶奶从来没有下过田地,连菜园都很少去。这在乡下很少见,我以为奶奶很享福的。

奶奶从武汉到了走马村,当然不是因为婚嫁。你想想,怎么可能有民国时期的武汉少女愿意嫁到全是石头和湖水的穷乡僻壤。很久以前,有一天,走马村的一条船去到了武汉码头,卸完石头,他们正准备回去,看到了江边的一位少女。也许出于无聊,不知道什么原因,少女和打石头的匠人聊了起来。匠人告诉少女,从码头到走马村,要不了多久,那里有十里荷花,风景很漂亮,如果现在出发,下午就能回来,他们还要送一趟石头过来。少女上了船。到了村里,族人将她给了我爷爷。给我爷爷的原因有二:一来,我爷爷不可能凭本事找到老婆,周围也没有人愿意把女儿许配给一个傻子,更何况他的家道早已败落到饭都吃不饱了;二来,我姑爷爷是当时红黑通吃的恶霸,他放出话来,这个女人只能给我爷爷,否则,谁也占不到好处。爷爷因此有了老婆,我有了奶奶。直到今天,我依然觉得我的血液里是有原罪的,这当然和奶奶有关。如果没有奶奶,就不会有父亲,更不会有我。然而,这一切的由来,如此残忍,如此鲜血淋淋。奶奶想过死,没有死成。想过逃跑,那真是悲剧啊。我没有见过面的姑爷爷放出话来,谁要是敢放我奶奶逃跑,他就杀了谁。他有枪,这些话不是开玩笑。据说,奶奶有几次跑到湖边,见到了船,她给船夫跪下,让人将她送到武汉。船夫也跪下来,告诉奶奶,他一家人还不想死,求奶奶放过他。绝望的奶奶生下我大伯和我父亲后,终于熬到了中华人民共和国成立。她回不了武汉,却可以趁着政府大力推行婚姻法的机会解除和爷爷的婚姻。她嫁给了同村的另一个男人,住在垴上,我叫他"垴上爹"。他不是我的爷爷,却关照着我们一家人,像是因为娶了奶奶,而对我们有了责任。奶奶和垴上爹生了我的叔叔,他们似乎只有这一个孩子。

奶奶怎样熬过最初的时光,已经无法知晓,连想象都是困难的。关于奶奶的一些往事,据母亲说,也是听村里老人讲的,奶奶并没有对她说过。奶奶闭上了嘴巴,成了一个不寻常的乡间老妇人。从我有记忆开始,她就老了,那时她已当了快二十年的奶奶。她少女时的样子,我哪里想象得出来。爷爷死后,奶奶找到了她的亲人。她没有办法回武汉。对她来说,那早已是一个无比遥远、无比陌生的城市。她的遭遇不仅没有获得应有的同情和理解,相反,她成了一个被嫌弃的人。几十年不见,家里哪里还有她的位置。何况,她还有了满堂的子孙。就算有再大的委屈和不幸,又能怎样呢?奶奶接受了她的命运。幸好,她的三个儿子还算不错,对她很是孝顺,她的晚年说得上安稳。我不知道伯父、父亲和叔叔是否有强烈的原罪感,但有件事我是知道的。偶尔,他们送奶奶回娘家,到了楼下,他们看着奶奶上去,楼上住着他们的舅舅,他们不进去。接奶奶回家时,奶奶一个人拎着东西到楼下。后来,我在武汉念大学。在武汉四年,没有人和我说过,也没有人告诉我,要去拜访奶奶那边的亲人,我也不知道他们姓甚名谁,家在何方。我的堂兄弟姐妹们皆是如此。我们有一个奶奶,但我们对奶奶的亲人一无所知。他们仿佛不存在,仿佛奶奶从生到死只有她一个人。我第一次见到舅公,是在奶奶假死那次。他们坐在条椅上,抗拒冷漠,不得已的样子。村里人带着谄谀的表情小心翼翼地和他们说话,像是怕说错了一样。这里面可能存在部分对城里人的恭敬,也有对往事的羞惭。

　　奶奶假死那次,让她获得了通神的法力。一天前,奶奶落了气,家人给奶奶烧过了落气钱。由于"死"得仓促,家里还来不及准备棺木。女人们守在奶奶的房间里。突然,奶奶一口气缓了过来,她说,给我碗水。幸好是白天,惊吓归惊吓,都知道奶奶又醒过来了。喝完水,奶奶说,我回去了一次,我走得太累了,脚上起了两个大水泡。她对我伯母说,你去拿根针,帮我把泡挑了。伯母脱下奶奶的袜子,奶奶脚上果然如她说的一样,有两个大水泡。伯母战战兢兢地挑了。奶奶又说,屋里没人,我兄弟往这边来了,饭菜还用绿罩子罩着,凉拌黄瓜加了白糖,还有半碗西红柿蛋汤。舅公他们到了之后,有人试探着问了,果然如此。奶奶挣扎着起来,靠在床上说，棺木不错，有个角钉子没钉好，挂人，要打到里面去。等棺木回来，一看，确在奶奶说的位置有颗冒头的钉子。见奶奶说的都应验了，村人有些怕，有人问，杨奶，你还看到什么了？奶奶说，阎王爷又给了我十年寿，我又回来了。过了几天，奶奶完好地出现在村里，村里人已从最初的惊恐转化为好奇。有人问她，杨奶，你说你去阎王那里，你看到什么了，真有十八层地狱吗？奶奶闭口不答，有人问得紧了，奶奶说，这怎么能说呢。不过，奶奶还是说了句话，她说，这两年村里不太平，出了不干净的东西，要修个庙，供上菩萨。她点明了具体的位置。尽管将信将疑，奶奶的神迹和村里的不太平还是让村人动了心。那是一个多小的庙，我觉得简直不能称之为庙。它实在太小了，最多两米高，长宽不过一米五，用的还是石头。狭小的空间里摆着一对连体的菩萨。这对菩萨，让我迷惑。我看着它从一块石头变成粗糙的人形，像一对连体婴儿，涂上油彩之后，又变成接受乡人祭拜的菩萨。这个过程过于神奇，我问刻菩萨的石匠，你还能做出菩萨来吗？石匠赶紧制止了我，你莫瞎说，请菩萨，请的。小庙旁边有两棵高大的松树，一到季节，结满硕大的松果。那是小朋友们热爱的玩具。那里的松果如此之大，炸开成松塔后两只手都捂不住。没有人敢打这两棵树上的松果，只能盼着它们掉下来。它们总是不肯掉下来，等掉下来时，差不多快烂掉了，早已没有了棕褐的油亮光泽。每年春夏，也只有这两棵树上时不时有甜腻的蜜蜡。那个时候，小朋友们顾不上那么多了，他们把松枝折断，小口小口舔松针上的蜜蜡。甜里带着松针的油青气，我们从来不去想它是怎么来的。小庙修好后，初一十五总有村人端着猪头或者腊肉来祭拜。点上香，烧过纸，磕完头，村人将祭品再端回去，只留下黄香冒着烟陪伴着菩萨。烟雾缭绕中的菩萨很快被熏黑了，隔几年要重新上一次油彩。

醒来后的奶奶更加无欲无求，世间对她来说已没有秘密可言。她的两任丈夫都已死去，剩下她和孩子们留在人间。奶奶对爷爷不可能有爱，嫁给垴上爹也是无奈中的选择吧，至少他是个健全善良的人。我没有见过他们两个人吵架，说话也总是细声细气的，这在乡下非常难得。古老的乡下夫妻，多半在厮打仇恨中度过一生。爱太奢侈，活命才是唯一的正道。和爷爷在一起那些年，爷爷不懂得疼惜她，厮打辱骂再正常不过了。她一个大都市的女子，嫁给一个莫名其妙的傻子，这本身就足够戏剧化。她身上落过多少唾沫和嘲笑，我难以想象。那么多年后，我的童年也曾为爷爷而羞耻。那么多年前，作为妻子的她，怕是连丧家犬都不如。她没有娘家，只有一个人尽可欺的无能丈夫，村里最没有地位的女人都有取笑她的资本，她能怎样？垴上爹的善良，对她的维护，至少能让她站着做人。十年过后，奶奶似乎预知死神将至，她一改以前闭口不言的习惯，搬了椅子，和村人讲她的一生。我在外地，没有听到。奶奶说，你们放心，不管先人对我做了什么，我不怪你们，我不得害你们。奶奶死去那天，吃了早餐，喂了猪。干完这些活儿，她对我堂姐说，她要睡一会儿，她累了。等堂姐去喊奶奶吃午饭，才发现，奶奶死了。她神态安详，死时身边没有一个人。她似乎也没有想到需要孩子们陪伴，也许她真的只是想睡一会儿。叔叔和村里人在院子里打麻将，堂姐出来说，爸，奶好像走了。叔叔赶紧扔下牌，一看，果然。那天，堂哥在湖里钓鱼，村里人喊他，你还不回去，你奶死了。堂哥不信，继续钓鱼，我奶早上还喂猪了。又有人喊他，你奶死了你还钓鱼，不要乱讲。堂哥这才收拾了渔具回家，他想，这怕是真的了。这次，奶奶没有醒来。奶奶下葬时，堂哥提议放副麻将进去。他说，奶爱打麻将，一打麻将就精神了。奶奶死前，要是不精神了，堂姐就喊，奶，打麻将不啦？奶奶赶紧说，打。一场麻将下来，果然精神多了。尽管如此，叔伯辈想了想，还是拒绝了堂哥的建议，这显得太不严肃了。现在想想，要是放一副进去也挺好，奶奶在那边没有亲人，有麻将打，至少没那么孤独。

多么神奇。这么多年了，不亲爱的爷爷，我记得我参加了你的葬礼，甚至有的细节还生动活泼，连阳光和树叶我都记得。你的棺木停在屋外，边上是一棵泡桐。这棵泡桐每天春天都开出白色的花，小喇叭一样，稠密地挂在树枝上，空气中荡漾着泡桐花的香味。有时，我会捡掉下来的泡桐花，仔细闻它的香味。偶尔,也会舔花蒂里藏着的蜜。你死时,泡桐开过花了,正是叶子多的时候。奶奶比你晚那么多年去世,我却不记得我是否参加了她的葬礼。我一点也不记得了,甚至,我忘记了她是在我多大时去世。我爱她一定比爱你更多,我对你有爱吗,这是怎么了?如果记忆没有欺骗我,我没有见过你和奶奶同时出现。尽管在一个村里,你们却像世代不曾相见的陌生人。年幼时我一直想不明白,为什么我奶奶不认识我爷爷,那她为什么又是我的奶奶?你是我爷爷我很清楚,你和我生活在一起,在彼此的厌恶中煎熬。也许煎熬的是我和母亲,你没有痛苦,也没有爱恨,像是超越了凡俗的佛陀。你一定是最不可理喻的佛陀,仇恨的言辞和行为对你没有意义,却像刀子狠狠地扎在亲人的心上。我到现在都无法原谅你,对父亲的同情和怜悯让我长大成人。等我也有了儿子,我还能想起六十多年前,夏天了,一个瘦弱的男孩实在不堪忍受棉裤的炙热,他趁四野无人,脱下裤子,将石子放进棉裤,把棉裤砸出通风的破洞。他被揍得像个死人。后来,他长大了,作为父母双全的孤儿,大年初六,他对母亲说,他要走了,铁路上招工,他去做工。那时的乡村,没有人在正月十五之前出门,年还没过完呢。他迎着风雪出门。和他一起出门的,还有一群同样没人疼的乡下人。那个瘦弱的男孩是我的父亲。爷爷,我不能原谅你,对不起。奶奶,愿你安宁。

我爱过的幽灵

儿子最近的宠物是两条泥鳅。都不大,三寸左右,黄褐色,身材说得上修长,比筷子略粗一点。我猜,这是两条特别的泥鳅,它们的生命力让我惊叹。原本只有一条的。有天,似乎很久以前了,儿子和他爷爷一起去市场。卖水产的摊主看到儿子一直盯着泥鳅,他送了儿子一条。儿子虽小,也有了钱的概念,知道买东西要钱的。这条别人送给他的泥鳅,他异常喜爱,他可能以为这是他在社交上的胜利。人家喜欢他,送了他泥鳅。儿子拿回家,我也没有在意,找了个空塑料桶,放了水,给他养着。儿子围着塑料桶看了好久。姐姐放学,他兴奋地告诉姐姐,这是他的泥鳅,而且还是别人送给他的。姐姐果然嘲笑他,养泥鳅,我还以为养什么呢。对姐姐的嘲笑,儿子不以为意。对他来说,喜爱才是最重要的,至于是什么,他都不重要。姐姐快十二岁了,她已经有了庸俗的价值观,世界告诉了她规则。从养宠物的层次来说,养泥鳅怕是最低级的了。甚至，这能算养宠物吗？她的心灵在悄然间被改写，无论我多么努力，我都无法维护她。她在面向世界时，世界迅速果断地占领了她。父亲，哪怕是神仙，也是无力的。儿子还在天使的队列，姐姐过早地成为凡人。

儿子对泥鳅的爱持续而绵密。每天早上起来，他的第一句话是："今天要上学吗？"他不太爱上学，总喜欢待在家里。吃过早餐，他也不排斥上学。问一下，像是一个仪式，就像每天睡前，他要听三个故事。问过要不要上学，他爬到桌子上，看看泥鳅，然后告诉我们，泥鳅还活着，它生命力真强。他第一次说出"生命力"这个词，我有点惊讶。他在成长，将更具逻辑性，如同大树的枝条被修剪成人类想要的形状。一条孤独的泥鳅，我猜它很快会死掉，最多一个礼拜。一个礼拜过去了，两个礼拜也过去了，那条孤独的泥鳅还活着。我想，既然它还活着，让它如此孤单是不对的，它应该有个伙伴。和儿子商量过后，他同意再养几条泥鳅。我从市场买了泥鳅回来，挑了三条放进塑料桶里。其中两条比较大，又黑又壮，另外一条和原先那条一样，又黄又瘦。放进去那会儿，我有点担心，那些又黑又壮的大泥鳅会不会欺负小黄泥鳅？傍晚，我从外面回来，看了看塑料桶，里面只有两条小黄泥鳅。我想，可能是爷爷觉得没有必要养那么多，把两条大的捞起来一起煮着吃了吧。见到爷爷，我问，爷爷，你是不是把锤锤的泥鳅捞起来了？爷爷说，我哪里会捞它。下午回家里一看，两条大的翻白了，死了。可能是品种不同，那种看起来凶猛又黑又壮的泥鳅，养不起来，又黄又瘦的倒是颇适应。似乎有两个月了，两条泥鳅依然精神。儿子对泥鳅的兴趣已不再像头一个月那么浓厚，只有换水或者喂食时，他会过来围观一下。或者，有人来家里，他会炫耀般地带人看他养的泥鳅。要是姐姐在家，会一脸鄙视地看着他说，你哪里有养，都是我帮你换水帮你喂食的。儿子会生气，冲着姐姐大喊大叫，以宣示他对泥鳅的主权。

和姐姐比起来，儿子养的宠物非常少，也不上档次，净是蝌蚪、泥鳅、小蜗牛什么的，像样子的印象中几乎没有。姐姐养过很多的，兔子、鹦鹉、乌龟、泰迪犬、仓鼠，还有不知数量的各种鱼。养到后面，奶奶都心疼了，倒不是钱的问题。奶奶觉得，姐姐那样养小动物，和谋杀无异。她对姐姐说，宝，要不咱们别养了，这是害命呢。这鱼这小鸟，都是命，养几天养死了，看了心里不忍。姐姐依然故我，奶奶也没有办法。她可怜小动物，可她更爱孙女。只要孙女高兴，那些小动物的命送就送了吧。姐姐大了，养宠物的热情逐渐消减，她变得看不上弟弟养的宠物。像是炫富一样，她对弟弟说，哼，你养两条小泥鳅，还以为是龙啊，还不让我看，我才不稀罕呢，我还养过泰迪养过乌龟呢。看着姐弟俩，我会想起我的童年、我养过的宠物。哦，不，不是宠物，是我的朋友。

荒凉的乡村却有那么多的狗，到处都是鸡鸣和犬吠，像是只有鸡鸣和犬吠才能证明乡村的存在。比如柳树，如果没有柳树，江南便是一个形容词，得不到存在的证词。我爱柳树，也爱狗。柳树长在河堤，也长在任何一个可能的角落，它垂下枝条，任由我抚摸。我想养一条狗，母亲不允。她的理由简单而朴素，哪里有那么多吃的。在人吃饱尚且勉强的乡下，狗似乎是普及的奢侈品，而我家没有，这让我遗憾。关于狗，我们那里还有一句民谚"猪来穷狗来富"。字面的意思清浅，包含的智慧我长大后才懂得。猪值钱，乡下人看得贵重，有猪跑过来人难免有贪欲，一句"猪来穷"试着阻隔贪欲，物归原主；而狗是相当可怜的动物，有些更是无家可归，"狗来富"不说激发人的恻隐之心，至少也是个美好祝福，鼓励人收留这可怜的动物。乡下的狗，像乡下流浪的穷人，只求片瓦和瓢食。

我养的第一条狗，它来自何处，无考。有天，我放学，到同村的小朋友家里玩。他家堂屋桌脚拴着一条毛色杂乱的小狗，刚满月不久的样子。围观的人说，也不知道哪里跑来的，暂且拴在这里。那是一条没有主人的狗，每个人都有权力去抱它，抚摸它。这对我来说是一个难得的机会。我摸它时，它舔了舔我的手。它的舌头柔软、温暖，我的手上湿答答的，有股奇特的气息。它的眼睛又小又圆，我看到我在它的眼睛里，善良且充满爱意。我想把它抱回家，但我勇气还不够。旁边的老人看我欢喜的样子，取笑我说，你把它抱回家，长大了能做媳妇呢。我看了看它的屁股，一条小母狗。它的性别让我羞涩地放下了它。又有人说话了，你喜欢就抱回家，全村就你家没有养狗了，养一条玩一下，狗通人性，还能看家护院呢。说罢，那人将小狗抱起来，塞到我怀里说，抱回去吧，别听别个胡说八道，养狗积德呢。我脸色绯红地抱着小狗出了门。回家的路上，我又紧张又欢喜。我怕母亲将小狗扔出来，那我该怎么办？欢喜的是我可能有一条我喜欢的狗了。把小狗抱回家，母亲还在田地里劳作，家里一个人都没有。我想给小狗找点吃的，家里只有一点点剩饭，还有几片菜叶。我找了一个破碗，将那点残羹冷炙倒进碗里。小狗吃了一口，抬头看了我一眼，又赶紧将头埋进破碗里。它吃得那么快，很快把碗舔得干干净净。母亲回来，看到小狗问我，哪里来的狗？我壮着胆子说了。母亲沉默了一会儿说，算了，你喜欢就养着吧。

母亲一开始并不喜欢它，给它喂食总是带着几分不情愿。她没有把小狗扔出去，固然是怕伤了我的心，也怕村里人说闲话。哪有把进家门的狗赶出去的，饿死也不缺那一口粮。小狗一天天长大，也懂事起来。见到母亲回来，绕着母亲脚下跑，咬她的裤子，舔她的小腿。母亲板着脸，嫌弃的样子，轻轻地把小狗踢开说，莫讨嫌，哪个有工夫陪你玩。时间长了，母亲终于松弛下来，她看小狗时脸上有了笑容，这个小东西，还蛮懂得讨人喜欢。母亲指着我说，你连条小狗都不如,都不知道养你有什么用。小狗见到我,还知道叫一声呢。因为喜爱,它的饮食明显比以前好了,除开米汤剩饭剩菜,偶尔也能吃口好的。这些贫瘠的生命,有了点吃食,便蓬勃起来。小狗毛色光亮,跳起来欢天喜地的。晚上关了门,家里多了条狗,莫名多了份安全感。母亲再看它,有些家人的意思了。我没有给它起名字,乡下的狗,只是一条狗,它们不配拥有一个单独的词。它很快长大了。多数时候,它不在家里,和其他的狗一起在乡下的树林、田野自由地游荡。它可能还去过更远的村庄,见识过更广阔的天地。有几次,它两天没有回家。母亲见到它,有些生气,骂它,你要再这样跑出去,就不要回来,也不怕人担心。说罢,赶紧端东西给它吃。两天在外,母亲怕它饿着。好多年后,提到它,母亲还会说,那真是条聪明的狗。我每天早上出去干活儿,它都跟我一起,等我到田里地里了,它看我干活儿,玩一会儿才走。每次去碾米,你晓得,碾米厂要经过对面场(地名),那里骇人得很,幽幽暗暗的,以前还死过人。你莫说清早天没亮,就算大中午,一个人走还是有点惊惊的。每次去碾米,都是趁清早天没亮挑过去,回来还要干活儿。以前,我一个人怕得很,过对面场像跑一样,魂都吓掉了一半。后来,每次它都跟我一起去,跟我一起回来。有它在,我就不怕了,也是奇怪,好像它能保护我似的。说到这儿,母亲往往会叹口气,唉,可惜了条好狗。

乡下的风气也是渐渐坏了。秋冬之际，寒冷入了骨头，肉却肥了起来。也不知道从哪天起，有些坏种拿了药来毒狗。枪是不敢放的，听到枪响，怕村里人围起来。再说，都是乡邻，多数都认识，脸上也挂不住。那些坏种，拿药毒狗，不光如此，要是有别村的狗跑过来，一群坏种围着打。他们用棍棒、锤子、石头、弩把狗杀死，剥掉皮，切成块儿，扔进大锅里，加上八角桂皮花椒和干辣椒。等狗肉炖烂了，他们喝酒，鬼一样嚎叫。那是乡下最坏的一帮人。我看过一次他们杀狗，每个村都有几个这样的坏种青年。一条雄壮的公狗进了我们村，它还没有意识到危险，以为和夏天一样，整个乡村都是它的乐园。在它低头吃食的瞬间，一把铁锤打碎了它的头，血和花白的脑浆溅了出来。那得多狠的心，才能下得去这样的重手。一到入秋，我都紧张，希望我家的狗不要去别的村。在我们村，它是安全的，即便是坏种青年，也不会杀自己村的狗，乡村的禁忌和道德法条依然在起作用。它还是没有逃过它的命运。有天，它从外面回来，一到家门口，四肢无力地趴在地上。村里人看到了说，它中毒了，要死了。我眼睁睁地看着它断了气，这离它第一次做母亲不过几个月时间。母亲看着狗，手足无措，她不知道该怎么办。族人把狗拖走，到了晚上，我家餐桌上摆了一大碗狗肉。狗肉飘出诱人的香味，母亲没有说什么。终究还是吃完了。狗皮挂在我家门口的树杈上。我至今想不明白，为什么要把狗皮挂在门口的树上，它到底有什么特别的含义？那张轻飘飘的狗皮没有伤害任何人，除了一条小狗。它叫灰灰，我给它取的名字。它那么漂亮，配得上一个土气的名字。

夏天，我家的狗生产了，它生了六只小狗。母亲给它在屋角搭了一个窝，铺了稻草。生产那天，母亲居然有些紧张，她说，这可怎么办？母亲在旁边看着它生下一只小狗，又一只。生完第六只，又等了半天，母亲说，应该就这么多了吧。一窝小狗，毛色花杂，只有一条有着考拉般纯粹的灰色，浑身上下没有一根杂毛。母亲用心照顾着一窝母子。那是暑假了，该是我到散花洲陪外公外婆的日子。小狗长得胖乎乎的，我在不舍中去了散花洲。在散花洲待了些天，我偷偷跑了回来。那时，我不到十岁。回来之前，我仔细回想了一遍线路，怀里揣着几块零钱。我决定，我要回去。我再不回去，我家的小狗就要送人了，我就再也见不到它们。万一，我最喜欢的灰灰也送人了，我会伤心的。那是一次壮丽的远行，我将独自一人坐船过江，然后沿着漫长的江堤走到电排站附近的渡口，从那里再坐个把小时的船到另一个渡口下船，再沿着公路走到家里去。我将从江北的散花洲出发，经黄石到达我鄂州乡下的家中。那是一个天气晴好的日子，我已经到了临近的村庄，我能望见我们村旁的湖泊、山林，甚至我家房子的一角。巨大的快乐充斥着我的身体，我甚至想跑起来，如果不是走得太累了的话。我想象着看到灰灰的喜悦，它还认识我吗？会不会过来舔我的手？它长得更大了吗？就在这时，三姨父骑着自行车在我身边停了下来，他一头大汗，一看到我，他冲我叫了一声，你还真是玩神了，哪个叫你跑的？他把我抓上自行车后座。一到家门口，自行车还没放稳，三姨父冲着母亲怒气冲冲地喊，大姐，你好好管管你儿子。母亲一时没反应过来，她还以为是三姨父送我回来的，三姨父这火发得莫名其妙。母亲问，怎么了？三姨父说，你儿子有本事，一个人跑回来了。中午吃饭找不到人，他外公外婆急得快要打起来了。母亲连忙给三姨父道歉，留三姨父吃饭。三姨父说，你儿交给你了，我赶紧回去，还不知道屋里是个什么情况。说罢，水也没喝，急匆匆地回了散花洲。这些我不管，我坐在门口，看着我的一窝小狗，它们长得那么精神。就算我为此挨一顿打，又怎么样呢。

满月后，五只小狗送了人，留下了灰灰。母亲本来也想把灰灰送人的，她说，家里有一条狗就够了。我不肯，母亲依了我，她也喜欢灰灰的。灰灰是我见过的最漂亮的小狗，它全身没有一根杂毛，喜欢跟在我身后。我带它到处玩，炫耀它的漂亮和机灵。入秋后，灰灰长得英武挺拔，像十六七岁的男孩，有了男孩该有的样子，青春活泼，充满幻想。即便它已经长成了半大的小狗，它还是喜欢和狗妈妈玩耍，晚上睡觉也靠着狗妈妈。没有了狗妈妈的第一个夜晚，灰灰睡得很晚，老是在叫。母亲听了不忍心，又给它装了点饭。它没有吃，很委屈地盘在窝里。早上天亮，灰灰出去玩了半天。中午回来时，它像是发现了什么，冲着门口的树狂吠。那里，挂着一张狗皮。从那刻起，灰灰一直趴在门口，望着树上的狗皮，直到几天后死去。白天，给它喂食，它不吃。晚上，我抱它回屋里睡觉，它身上一天比一天软。母亲很伤心，她摸着灰灰，想掉泪一样。奇怪的是，没有人想到要把树上的狗皮取下，埋掉，哪怕扔掉都行。我还记得那天下午，我坐在灰灰旁边，它舔了一下我的手。我摸了摸灰灰的背，才几天，它背上的骨头都摸得到了。灰灰望了树上一眼，叫了两声，它的头低了下去，趴在两只前爪中间，死了。我把灰灰抱进屋。这次，我不允许任何人把它吃掉。第二天，我把灰灰埋在了村后的山坡上。坑挖得不深，它只是一只半大的小狗，有漂亮的毛发。盖上土时，我像是失去了我的亲人。山坡上空无一人，入秋的风凉了，湖水平静如初。几年后，离开老家之前，我想给灰灰换一个地方。等我挖开土，里面没有灰灰的骨骸。也许是我记错了地方，也许它并没有埋在那里。

等我再有一只小狗，那是很多年后的事了。我结婚了，有了女儿。她一天天长大，和我小时候一样，她想要一只小狗。我们找各种托词，终于拖不下去了。朋友家的泰迪生产了，女儿看着那几只小狗，爱不释手。她想要一只，我和她妈妈都知道。看着她的眼睛，我们终究不忍心。一个小孩，想要一只小狗有什么错呢？尽管母亲不喜欢，我还是决定让她养一只。她挑了一只纯白的小狗，给它取名"小白"。把狗从朋友家带回家那天，我们陪着女儿买了狗窝、狗粮，还有一些必备的东西。女儿的快乐显而易见，我却隐隐有些担心。她的快乐不堪一击，这只小狗也许没有足够的幸运。回到家，看到小狗，母亲说，又养这东西干什么。你们也是，什么都惯着孩子。她这么小，要是咬到怎么办。女儿怯生生地看着奶奶说，它很乖，不会咬人的。女儿抱着小白，生怕奶奶欺负它一样。小白就这样来到了我家。泰迪小，长得也漂亮，一看就是宠物狗。和灰灰不同，灰灰只是再普通不过的中华田园犬而已，它的另一种称呼是"土狗"。和灰灰比，小白洋气。它也有洋气的毛病，它太黏人了，总是哼哼唧唧地叫唤，像是没有得到满足的小孩一样。女儿喜欢抱着它，给它挠痒，抚摸它。它似乎也很享受。小白吃狗粮，喝奶。母亲看了说，这算什么狗，它吃的什么玩意儿，还喝奶。母亲想给它吃剩饭，扔骨头给它吃，都被阻止了。据说，那不科学。母亲很是不屑，连骨头都不能吃，那还能算狗吗？这些都不紧要，真正的麻烦在于，小白黏人。每天入夜了，该睡觉了，它不肯睡。即便把它抱进窝里，没一会儿，它又跑出来，不停地挠门。它想和我们一起睡。夜深人静，大家都要睡觉了，挠门的声音被放大。它持续又倔强，一直挠啊挠，挠啊挠。

有时，我外出喝酒，回来得晚。刚走到门口，便听到小白的声音。无论我回来多晚，总能发现它在门边。我一开门，它便抱住我的脚。我不烦它。它还是个小孩,孤独的孩子。家里人都睡了。一只渴望爱抚的小狗,一个酒后惆怅的男人,这是一种温柔的陪伴。好多次,一进门,我弯下腰,把小白抱起来。它轻轻地咬我的手,发出撒娇似的嘤鸣。我抱着它靠在沙发上,让它趴在我的肚皮上。我抚摸它的脑袋,捏捏它的脖子。它让我想起女儿小时候,也是这样趴在我身上。有很长一段时间,女儿都要趴在我身上才肯睡觉。我得等到她睡着了,再柔缓地把她放在床上。小白和女儿一样,趴在我身上,它很快能睡着。是因为能听到我的心跳吗?据说小孩喜欢贴到大人身上是因为能听到大人的心跳,那让他们觉得安全,像是在母亲的子宫里一样。那么安静的夜,一只小狗趴在一个喝醉的男人身上,外面月色皎洁,远山的影子依稀可见。我们像是整个宇宙中唯一醒着的两只活物。好些个夜晚,我睡在沙发上,小白睡在我旁边。它真像个孩子啊,我生怕翻身惊醒了它。小白睡得很浅,有几次,我以为它睡着了,想把它放回窝里。我一动身,它便醒了,又叫起来,不满意似的。要是我没有抱它,直接回了房间,它会不停地挠门,我在它的哀求声中沉沉睡去。养了个把月,母亲严肃地和我说,我每天都睡不好,它总是在那里叫,叫得我心烦。我身体本就不好,夜里再睡不好,我怕我的命都要被它催走了。和女儿商量过后,我们把小白送回了朋友家。它果然是短暂的过客。它后来过得好不好,去了哪里,我不知道,也不敢问。

为了弥补对女儿的愧意,我们给她买了只兔子。她喜欢兔子的红眼睛和长耳朵,她很快忘记了小白。也许还记得,只是不愿意提起。她带着小白散步的神态骄傲得像小区里的国王,她不会忘记的。

我想起了女儿刚上小学的情景。有一天,她放学和我说,我们同学家里养了宠物。我不以为意,这不是什么稀奇的事。女儿神秘兮兮地问我,你知道他们养的什么吗?我问,养的什么?她说,我有个同学家里养了熊猫。我愣了一下,养了什么?女儿一脸认真地说,养了熊猫,而且,还养了三只。女儿说完,我强忍住笑说,那好厉害啊。女儿说,我也想养熊猫。我说,那要等你大点才行。女儿又说,我还有同学家里养了一群大白鲨,他们家门口有大海。我想了想说,这样吧,等你上五年级了,我给你养一只翼龙。你最喜欢的那种翼手龙,有翅膀,会飞的。女儿果然很高兴,她问,你在哪里给我买翼龙?我说,我已经在美国加州恐龙实验室订购了,等你大了,人家就会给你快递过来。那时,你就可以骑着翼龙去上学啦。女儿问,那我可以告诉我们同学吗?我说,当然可以,熊猫和大白鲨算什么,翼龙才是最厉害的。女儿去告诉奶奶,又告诉爷爷,大家都替她高兴。过了几天,我去接女儿放学。拉着她的手,我问她,你们班哪个同学家里养了熊猫?她指给我看了。我又问,哪个同学养了大白鲨?她指着她身边的小同学说,就是她了。漂亮的小女孩。我问她,大白鲨好养吗？小女孩骄傲地说，很好养的，我经常骑着大白鲨去海里玩儿。我说，那你要小心虎鲸，它们碰到一起会打架的。聊了几句，小女孩对我说，你们家的翼龙什么时候回来？我说，等你们上五年级就可以了。小女孩说，那你能给我玩一下吗？我说，当然可以。和女儿回家的路上，我们继续讨论了翼龙是否要遵守交通规则的问题。我们相信，我们找到了很好的解决方案，既能让翼龙送她上学，又不违反交通规则，更不会伤害他人。女儿说，我真想快快上五年级。

如今，女儿十二岁，读六年级了，她还有一个四岁的弟弟。她在三年级之后，再也没有问过她的翼龙。有次，我和她聊起翼龙。她对我说，爸爸，其实我知道世界上没有翼龙，它们早就灭绝了。我问，你什么时候知道的？她说，幼儿园时我就知道了，你天天给我读绘本，我知道世界上什么龙都没有，都灭绝了。我说，那你小时候爸爸说给你买一只翼龙，你相信吗？女儿点了点头。我有点意外，问，你既然知道世界上没有恐龙，为什么又会相信爸爸可以给你买一只翼龙？女儿说，没什么原因，你是我爸爸，我相信你。女儿大了，她对我不再绝对信任。在她的世界里，规则和意志在逐渐形成，她在怀疑中建筑她的世界。这一砖一瓦，都来自她的体验和判断。我不为丧失了她的信任而悲伤，我也曾这样背叛我的父亲。她不再是我的宠物，我也不宜再充当那个貌似上帝的人。

江北流水

　　长江从湖北大地流过,强行分出江南和江北。走马村属江南,散花洲则在江北。我青少年时背过不少江南的诗,杏花春雨之类的。我最喜欢的却是余光中先生的《春天,遂想起》,尤其是其中几行"那么多的表妹,走在柳堤/(我只能娶其中的一朵!)/走过柳堤,那许多的表妹/就那么任伊老了/任伊老了,在江南/(喷射云三小时的江南)"。这几行诗让我伤感,我真有那么多的表妹,也曾想过要娶其中一朵。我和表妹,好些寒暑假,都在江北的散花洲度过。她跟在我后面,像是上辈子已经做过我的妻子,这辈子愿意重新爱我。青梅竹马说的大概就是这个意思。四姨和我母亲说,要是在以前,不避讳近亲结婚,这俩孩子倒是挺合适的。她们说这话时,我还小,表妹自然更小,但大概的意思还是听得明白。我们有点害羞,又有点惆怅。表妹不能做我的妻子,那我还能怎么爱她。我们都在散花洲,那是因为我们的母亲曾经也是这片土地上的孩子。散花洲,我一直爱这个名字,它诗意,具有云彩一样的光泽。幼年时,我以为散花洲离走马村很远,它像是另一个世界,足以构成一种陌生的想象。江南和江北,在我看来,像是大地上巨大的裂痕,它意味着跨越。散花洲完全不同于走马村的口音,更让我确信,我已经抵达了一个极其遥远的地方。在走马村,母亲是异域的外乡人。她的口音、她的生活习惯、她对劳作的陌生,都具有了滑稽的意味。我却因此而获得了另一种幸福,寒暑假我可以出远门,看到陌生的风景,见到陌生的人。别的孩子,他们的舅舅、姑姑以及外公外婆都在村庄附近,来回不过一顿饭的工夫,没有过夜的必要。而我,经常在散花洲一待就是个把月。

从走马村到散花洲要跨过长江,以前只能坐渡船,桥是后来的事。我到现在还是不怎么喜欢那座桥,过江,不坐船就没意思了。船是铁壳的机动船,蠢蠢地喘着粗气,在江面上缓缓移动,江水跟在船尾翻滚。船上多是散花洲的乡民,来去都是这一群人。他们把地里种的东西、养的鸡鸭装进箩筐,卖给对面的黄石人。黄石人难得过江,那乡下地方有什么好去的。乡民多半天没亮过江,把挤满箩筐的鸡鸭和蔬菜卖给早就等在江边码头的贩子。贩子看不上的零碎,他们蹲在路边,一点一点卖给拥挤的城里人。卖完了东西,箩筐空着,乡民们愉快地抽烟,谈论早上的生意。通常不到上午十点,他们又回到散花洲。江段庸常,缺乏想象力。我直到小学毕业才承认，那是长江。此前，我认为那是再普通不过的水罢了，它怎么配得上"长江"二字。在我的想象中，长江浩荡博大，怎么可能如此瘦弱。夏季，江水最为丰沛，在黄石江段，也不过普普通通的样子，看上去还不及花马湖的宽阔处。它的表现让我失去了对长江的尊重，也不肯承认它的名字。到了冬天，那就更可怜了。那一汪水，又窄又缓又清浅，让人心疼过江的渡船钱。我对冬天过江又欢喜又厌恶。欢喜的是江水枯竭，江底的沙滩赤裸出来，宛如电影中辽阔的沙漠。这么大的沙滩，砂质细腻，踩在上面非常舒服，这是难得见的。沙滩上面，还会有大大小小的水洼，里面偶尔还有小鱼小虾什么的。厌恶则是因为懒，江水奄奄一息，本来船行的路，都得一步一步走过去。沙滩缓缓起伏，夏日里被江水淹没了，不觉得江面宽广，真走起来，也是让人丧气的。夏天到江边，还有另一种期待，看看江豚。那会儿，大概长江里江豚还很多吧。我去江边的次数并不多，也看过好些次江豚，一群群的，在江面上扑腾，黑乎乎的大脑袋时不时冒出水面。它们好像并不怕人，也不担心周边的船只，只顾在江水里嬉闹。后来，看新闻说，江豚也很少了。再后来，江面上偶尔出现江豚，那是要上新闻的，闹得全中国都知道。散花洲人不叫它江豚，他们喊"江猪"。江豚肥胖，黑黝黝的样子，叫"江猪"倒也是贴切得很。母亲和我讲过，她小时候，生产队在江里抓到过一条江豚。当然是杀来吃了，据说全是脂肪，并不好吃。冬天过江,我总爱幻想有条江豚搁浅在沙滩的水洼里,而我正好看到,和外公一起合力把它抓住。哈,我们把它拖回散花洲,一群人围着看我们的江豚。孩子的幻想,坚韧又结实,他们总是想象奇迹有可能发生。水洼一年又一年,里面什么都没有,小鱼小虾也是难得见到的。每次冬天过江,我依然会幻想,有个水洼里游动着一条江豚,甚至更多,只是我没有发现罢了。

江北的散花洲,以前住着我的外公外婆、母亲和她的妹妹们。现在,外公外婆不在了,我母亲和二姨远嫁,离开散花洲,三姨四姨和小姨还在那里。散花洲是一个狭长的平原,多种麦子、黄豆、花生、棉花,还有西瓜。据说以前也种水稻,后来不知为何不种了,换成了麦子。散花洲对面,便是黄石市区。一江之隔,划出了城市和乡村。那时的乡村经常停电,一到这样的时候,望着江对面灯火通明的黄石,城乡差距一下子变得直观可感。散花洲上的人们,在地里干活儿,江对面钟楼的钟声告诉他们该休息一下了,该回家了。这群乡下人,被灯火和钟声唤醒,他们知道有一个更好的世界,要到那里,比跨过长江难一千倍、一万倍。外公原本在黄石工作,饥饿的年代,外公回了散花洲。他说,算了,回去挣点工分,不能把孩子们给饿死了。直到死去,外公再也没有离开散花洲。

第一个离开散花洲的是我的母亲。母亲和父亲的婚姻来得偶然，外公碰到了一个朋友，他将父亲推荐给了外公。外公觉得不错，这事儿就这样定了下来。作为一个爱面子的人，我猜想外公接受父亲，主要是因为父亲那时已是正经的国家工人，吃商品粮，非农业户口，而且父亲确实非常帅气。时至今日，有朋友看到父亲和我，还会说，你爸年轻时肯定比你帅很多。我看过父亲年轻时的照片，不服不行。母亲当时并不见得多么接受父亲，父亲只读了一年半书，家里实在是太穷了。每次痛诉革命家史，母亲都会说，和你爸结婚，连被子都没有一床新的。结婚当天盖的新被子，等我三天回门，床上垫的稻草，被子也被你奶奶抱走了，借来的被子。和父亲见过面后，母亲和父亲写信。每次父亲的信来，母亲耐心地把信上的错别字改正，再寄回去。父亲认识的字，不少都是母亲教的。那时，母亲在散花洲教书。我问过母亲为何愿意远嫁给一个穷小子，母亲说，现实地说，你爸要不是有城镇户口，我怕是也不得嫁的。再者，你爸年轻时，虽然没读过书，修养却很好，见人有礼貌，毕竟在外面工作，懂得规矩，也见过些世面，和乡下人还是不同的。站在父亲的角度看，选择母亲也是出于现实的考虑，他虽然有城镇户口这个最大的宝贝，但自身的条件实在太差，能娶到母亲，算是很好的结果了。

户口和城市，在今天看来已经不是什么障碍。在那个年代，不亚于生死分界。散花洲的姑娘，为了进入城市，她们忍受了什么,只有她们自己知道。那一代的姑娘,现在应该都已做了奶奶,回想起她们的前半生,大约百感交集,深感命运之荒谬。这么说吧,那时,散花洲最好的姑娘都嫁到了黄石,其中就有我的四姨。即便她们是散花洲最好的姑娘,她们可以在散花洲挑选她们看得上的任何男人,一旦进入城市,她们只有被挑选的命运。按照当时的政策,孩子的户口跟母亲走,也就是说,娶了她们的城里人,将生下乡下的孩子。这是一种极其巨大的代价,不到万不得已,谁愿意冒这样的风险娶一个乡下姑娘,即使她再漂亮,再聪慧。可以想象得到,愿意娶她们的绝大多数都是在城市娶不上媳妇的人。那些男人,在城市里处于绝对弱势的地位,却成为可以在散花洲挑选最好的姑娘的优质男子。多么荒谬。散花洲的好姑娘尽了全力,终于嫁给了城里的残疾人、穷鬼和恶棍。偶尔有姑娘嫁了有工作的正常男人,那简直就像中了彩票,四方的亲戚都会羡慕她的好运气。四姨高中毕业,在黄石的一家医院做临工。在那里,她认识了姨父。故事一点也不新鲜,姨父是个病人,四姨护理他。那会儿,姨父得了肺病,经常吐血,瘦得像个快要死的人。四姨要嫁给姨父,外公不同意。他骂四姨,一个肺痨子,说不定哪天就死了,你要年纪轻轻就当寡妇吗?尽管外公反对,四姨还是偷偷和姨父结了婚。姨父家那会儿真穷啊。四姨后来开过玩笑,全鄂州最穷的被你妈找到了,全黄石最穷的被我找到了,两姐妹还真是一样的本事一样的命。

　　每年过年，我随着父辈去四姨家拜年。那是我少有的进城的机会，四姨是我唯一的城里的亲戚。除开过年，偶尔我也去四姨家住几天。她家带给我的新奇感和自卑感冲刷着我的心。我还记得四姨家住的老房子，低矮，像是随山搭建的窝棚。她家背后确实也有一座山，满山都是灰白的石灰岩，还有长着坚硬短刺的荆棘。很早以前，四姨家还养了一群长胡子的山羊。她公公是回族人，而我的姨父只是他的养子，姨父还有一个没有血缘关系的姐姐。四姨家想起来应该是穷的，再穷的城里人和乡下人还是划开了界限。他们的生活、消费，都与乡村有着巨大的差别。当时，我父亲在铁路上班，母亲的身体也尚好。我的童年时期，家里的经济已不像父母刚结婚时那样窘迫，在乡村甚至说得上好。每月，母亲给我五块钱零花钱，买点零食不在话下。在四姨家，还是激起了我对城市生活的向往。他们可以每天早晨吃油条、豆浆，还有诱人的清汤。这些东西，我一年难得吃上几回。至于电影院和满街的店铺、菜市场，在当时的我看来，意味着最为高端的文明。有年春节，到了四姨家，父辈们忙着聊天，我叫了表妹出来。我对她说，我送你一个礼物吧。表妹拉着我的手，高高兴兴地出门了。从她家出来，拐了几个弯，钻出迷宫似的小巷子，我们来到了街面上。我往回看了看，尽管来过四姨家很多次，我还是没有办法准确找到四姨家的位置。

那些转曲的巷子，让我彻底失去了方向感，而在乡村，每一棵树都可以成为我的路标，我可以准确地找到我哪怕只去过一次的地方，哪怕，我只是上次在那里采过一次蘑菇。从街面上找到四姨家的位置，总是让我为难，我一次次迷路。甚至，大人有时也会如此。他们对着四姨感叹，你家的位置太难找了。我牵着表妹的手，兜里放着父母给我的压岁钱，我要给表妹买个礼物。

到了一家店铺，表妹停了下来，她说，我想要这个大块的巧克力。巧克力？这是个什么玩意儿？价格倒不贵，一块钱，远低于我的预算。我给表妹买了一块，表妹拆开包装纸，掰了一块往我嘴里塞，我扭过头说，我不爱吃巧克力。表妹疑惑地看了我一眼说，我最喜欢巧克力了。她拿着巧克力的样子，满是欢喜。我被巧克力的颜色吓到了，这玩意儿能吃吗？第二年过年，还是去四姨家拜年，到了四姨家附近，我对父母说，你们先去吧，我要买点东西给妹妹。我再次买了一块表妹喜欢的巧克力，又买了一块小的。拆开小的，我试探着把巧克力塞进嘴里，它的味道对我来说太怪了，不同于任何我吃过的东西。它的名字也很洋气，上面还写着奇怪的字母。我想，这是城里人吃的东西，不适合我。吃掉一小块后，我把剩下的扔进了垃圾桶。到了四姨家，我把巧克力偷偷塞给了表妹，她悄悄对我说，我们去屋后吃巧克力吧。我说，我不喜欢巧克力，太甜了。四姨家屋后种了香草，难得的春节期间的好天气，阳光暖照。我亲爱的表妹站在屋后吃巧克力，她当年几岁？六岁还是八岁？她可真是个小天使啊。我忘了她其实和我一样不过是个乡下孩子，她也只是城市的寄生物。表妹在阳光下面闪闪发光，她的牙齿、齐耳的短发、明亮的眼睛，让我觉得我不配做她的表哥。我这土里土气的乡下人，我要回到我的乡下去，那里的青草和山坡都是我的亲人，天上的飞鸟都懂得我的哀愁。

后来，我长大了，离开了走马村，除开过年过节，很少去散花洲。外公外婆还住在那里，我见得少，牵挂也跟着少了一些。我有过美好的童年记忆，关于外公外婆。江北的乡村和江南的乡村，虽有不同，但毕竟都是乡下，这让我更有认同感。即使孩童幼稚的心灵中，也被刻下顽固的阶层意识。对于城市，我还没有做好准备，在心理上是自卑的。在我的印象中，外公外婆相处得虽然不太好，倒也没有过激的行为。据母亲说，外公外婆争吵了一辈子，年轻时闹得不可开交。外公脾气大，掀桌子是常有的事，打架自然不可避免。等女儿们都嫁了，有了外孙外孙女，他们的关系也缓和了一些。他们老了，折腾不动了。外公外婆感情不和，除开性格，可能还有一个不便言说的原因，他们没有男孩，我没有舅舅。这在乡下，受人歧视不可避免。外公外婆有过男孩，夭折了。很多年后，我还试图还原母亲给我描述过的一个场景。夏季，散花洲的棉花正长得茂密，洲上到处都是红白黄的棉花,空气中飘荡着清新的香味。有人告诉她,你爸妈从黄石回来了。听到这话,母亲匆匆出了门,往江边跑。外公外婆从黄石回来,他们要穿过江堤的柳树林和一望无垠的棉花地。母亲赶着去迎接外公外婆,她渴望看到她的弟弟,她唯一的弟弟。弟弟生病,外公外婆带了他去黄石治病。远远地看到外公外婆,他们手上空荡荡的。我年幼的母亲顿时失声痛哭,跪倒在路中间。棉花开得还是那么浓烈,欢欣鼓舞的样子。母亲说,我情愿死掉的是我,为什么是我的弟弟。

没有男孩,甚至影响了外公的葬礼。在葬礼上,外公弟弟的次子,我的表舅作为外公名义上的继子,端着外公的灵位。母亲和她的妹妹们只能跟在后面,她们甚至不能在父亲的葬礼上拥有发言的权力。外公姓董,名来仁,葬在董家河。按照乡间的风俗,表舅有继承外公遗产的权利。外公外婆一世清贫,哪有什么遗产,只有一块宅基地。表舅在散花洲拥有良好的名声,为人做事通情达理,他的几个孩子都出自名牌大学,各有成就。他尽到了继子的义务,却没有要外公留下的宅基地。四姨家在黄石的房子拆了,她想回散花洲盖个房子,唯一可选择的位置只有外公外婆留下的宅基地。她和姐妹们商量,这自然不是什么问题。她要向表舅开口。如果表舅不同意,这个房子盖不起来。四姨和表舅说了,表舅态度通达,这本就是伯父的宅基地,你想建就建好了,只要姐妹们同意。四姨终于住上了想要的房子。她折腾了大半生,又回到了散花洲。有年冬天，我回散花洲，在四姨家喝酒，四姨抱着外孙女，她望着门前的柳树，也不知道想起了什么。突然说，要是你外公外婆还在就好了，现在我们总算能把日子过下去了。

外公留给我的，多是快乐的记忆，除开他死前那两次见面。童年的散花洲，外公带着我，他最大的外孙，像是带着他遥远的儿子。有年夏天，外公照旧在地里劳作。那时，他还没有完全衰老，他把我放在地头。夏天，散花洲上满是劳作的人们，柳树下面不时有小憩的农人。我在地头坐了一会儿，等我起身，我身后的土洞里跑出一只麻褐色的兔子。我冲外公喊，兔子。外公把手上的锄头扔了出去，他没有打中。兔子在惊慌中向前逃窜。逃跑的兔子让地里所有的人直起了腰，人群骚动起来。一只穿过散花洲的兔子，制造了忙碌中的狂欢。没有人打中那只兔子，这像劳作中的美妙插曲。我因此更爱这片土地。还有几次，外公割麦回来，给我带回了几颗鸟蛋。这样的事情并不多，却丰满了我的整个童年。等我明白世间的艰辛，外公已经老了。由于读书的缘故，我有好几年没有看到外公。考上大学后，我去看他。外公已病重。见到外公，他佝偻得让人心疼。看到我，外公说了一句，你来了。我坐在外公旁边，不知道说什么好。这个我曾经最亲密的男人，我和他再也亲密不起来了。他看我的眼神也是游离的，不知所措的。午饭时，外公没有上桌，姨父让表弟送了饭给外公。过了一会儿,外公拄着拐杖到了姨父家,他坐在桌子边上,看着我们吃喝。过了一会儿,姨父说,你是不是还想吃点?外公没有说话。姨父说,不是不让你吃,医生说了,你不能吃得太油腻。外公还是没有说话,脸上的表情略略一变。我忍不住说了句,外公想吃就吃点吧。长辈们都说,老人家,身体又不好,该注意还是要注意点。

我下了桌,外公说,你扶我回去吧。外公身体很轻,比我矮大半个头。回去的路上,外公说,你考上大学了,要好好读书。我点头。外公放了一个沉闷的屁,又放了一个。我皱了下眉头。外公说,老了,不行了。到了外公家门口,外公说,你扶我上个厕所。进了厕所,外公把拐杖放在边上,颤颤巍巍地解裤子。乡下的厕所,又脏又臭,苍蝇纷飞。我已经不适应了。外公的裤带打了结,我赶紧说,我来吧。浊黄的尿液滴滴答答,有的滴在外公邋遢不堪的裤子上。我突然特别心酸。我上一次见到外公,他还精神。现在,他衰败得连尿都尿不好了。把外公扶回家里的椅子上坐下,外公说,你去喝酒吧,我靠一会儿。我点了根烟,递给外公,外公吸了一口说,你也会抽烟了,我很久没抽了。我陪外公坐了一会儿,那是我最后一次见他。开学没几天,我接到母亲打来的电话,外公去世了,你赶紧回来。赶到散花洲,外公已入棺,我没有见他最后一面。姨父给我点了根烟说,你别哭,你知道外公最爱你,你哭他会难过的。姨父一说,我忍了半天的眼泪终于掉下来了。外公死前，想喝一口鱼汤。姨父匆匆去市场买回来，做好端到外公面前时，他已经吞下了他人间的最后一口空气。鱼汤，他喝不下了。事后，母亲和我说，你外公一辈子爱好的脾气。你考上大学后，他每天站在村口，见人就说我外孙考上大学了，还是武汉的名牌大学。你考上大学，他也了了个心事。此后很多年，我对长辈们不让外公吃喝耿耿于怀。明知道老人的寿命快到头了，还有什么好讲究的。如今，我父母都过了七十。我对他们说，想吃就吃想喝就喝吧。他们不听我的，他们让我想起外公。

如今的散花洲，已没有什么让我留恋。闹哄哄的，像一个巨大的工地。开发的热潮从黄石延伸过来，将昔日安静的平原追逐得惶恐不安。大桥扎在散花洲上，渡船恍若隔世。每个人都那么匆忙，散花洲的兔子想必逃到了更远的大山。很多年前，散花洲的人们做过很多梦，他们渴望城市跨过长江，将散花洲温柔地覆盖。外公不止一次告诉我，散花洲要修机场了，散花洲要怎么怎么了。他们期盼了三十多年，散花洲依然如故，除了多了些杂乱无章的丑陋建筑。他们怎么能想到，有一天真的修了机场，不过是在江对面的走马村。如今，走马村不在了，散花洲也不是以前的面目。我们这些散落在外地的人，没有资格对生活在故乡的人说些什么。我想起外婆的晚年。外公去世后，外婆失去了一个人生活的根基。她在五个女儿家轮流居住，她的晚年，流落在江南江北。

她前半生过江的次数，不如她的最后十年。暮年的外婆，像一块被四处搬动的砖头，她懒得思考。她听力不大好，眼睛也不大好，她应该很多年没有看清我的样子。外婆去世前几个月，在我家居住。有一天，我从学校回来，一进家门，我看到外婆坐在客厅的椅子上，像一具肉身菩萨。她坐在那里一动不动，也不说话。避开外婆，我对母亲说，外婆怕是不行了。母亲愣了一下，你莫瞎说，外婆能吃能喝，比我还精神。我说，气味不对了。那股气味，散发着老人的气息，残败无力，像是要抽走空气中的活力。母亲盛了饭，端到外婆手里，外婆埋头吃饭。吃完，母亲把空碗接过来，问，还要吗？外婆点头，母亲又给外婆盛了半碗，夹了菜。外婆吃完，母亲说，你看到了，外婆胃口好得很。回学校没多久，我接到了外婆的死讯。

生前，外婆曾说过，她死后不要和外公葬在一起。两人吵闹了一辈子，死了分开想图个清静。她的愿望没有实现。经过商量，家里人还是把外婆送到了董家河，和外公葬在了一起。他们的坟墓在半高的山上。在他们的坟墓边上，葬着外公的弟弟。这些生前的冤家，死后又聚在了一起。前几年给外公外婆扫墓，碰到了表姐，外公的侄孙女。她从北京回来，我们怕是有二十年没见了。这次偶遇，也许会是我们一生中的最后一次偶遇。我们都曾在外公屋外的树下写作业，吵架打闹，知道也是血脉相连的亲人。等我们成年，各自的世界无限展开,江湖之远不过如此。我们站在董家河的山上聊了几句。这里,离长江还远,依然属于江北。在遥远的北京、深圳和上海,甚至纽约和巴黎,这些散花洲的土孩子长大了。他们死后,不会像老一辈一样,在埋葬先人的土地上再次聚集。

凝固的瞬间

　　某个夏日，山坡上浓郁的松香和湖塘里荷叶清逸的青气四散飘荡，它们由于热而有了可触的体积感。香气持续而固执，寻找着属于自己的鼻腔和肺，试图告诉所有沉睡的人，夏日盛大，蝉鸣之外的时间应该属于香气。满山的松树，湖塘里到处都是沉绿的荷叶，其间粉白的荷花典雅温婉，没有丝毫的放荡之气。即使大风吹来，湖塘里凌乱杂陈，它们也是微漾而已。松树和莲叶荷花怕是国画家最喜欢的了。我认识的国画家中，没有画过的几乎没有。问过缘由，说是画莲叶与荷花能很好地运用点线面，画面丰富多变，更能体现水墨的意味。在走马村，这都是些不值钱的东西，它们不过漫无目的地这么长着，具有单纯的审美意味。不要说远了，在二十世纪七十年代之前，我想，走马村没有几个人见过宣纸上的松树、莲叶与荷花。一旦进入纸面，它们在变形的同时，也获得了某种神圣加冕，成为具有精神象征意味的物件。在走马村，它们没有精神性，不过是再普通不过的植物罢了。

　　某个夏日，午后，二十世纪八十年代中期。一位特别的客人来到了走马村，据说那是个美国姑娘。真是个漂亮的美国姑娘，她的头发金黄，眼珠透着深沉的蓝，还有她的脸，上面有淡褐色的雀斑，飞翔如鸟群。她和同行的中国青年，以及我们村的某位妇人一起从村口走进来。因为美国姑娘的缘故，妇人在众人前挺直了腰杆，她告诉围观的乡民，她从黄石回来，正好碰到这位美国姑娘，她询问了村里的情况，决定过来看看。妇人指着同行的男青年说，他会说外国话，我说的话，他再说给那个女的听。进村之后，美国姑娘先去妇人家喝了口水。乡间的水碗，粗糙又邋遢，妇人给美国姑娘倒了热水，美国姑娘喝了几口。放下碗，她告诉翻译，她想四处走走。大人几乎都散了，小孩子们不管不顾地跟在美国姑娘后面。这简直是乡村的奇迹。一个美国人，来到了偏僻的乡村，这是不是第一个来到走马村的美国白人？答案无法知晓。我第二次见到不同肤色的外国人是在读大学之后，时间已经挪移到了二十世纪末。我确信我的记忆没有出现误差。童年，我知道的外国非常有限，除开美国和日本，别的国家都不存在。当翻译告诉我们，她来自美国，我的震惊不亚于看到了外星人。美国，她怎么可能来自美国？她的白皮肤又确切地提醒我们，她和我们如此不一样。孩子们簇拥着她来到了湖边，荷叶长得正高，在不远处连成一片。站在湖边，美国姑娘看着干净的水、水底的砂石和游鱼,她比画着游泳的动作,用偶尔溅射出来的汉语告诉围观的孩子们,在美国,他们喜欢游泳。这里的水太干净太美了,如果有泳衣,她想下水游泳。跟随着她的妇人制止了她,她说,女人游泳像个什么样子,我们这里没有这个规矩,女人怎么可以光着身子下水。美国姑娘说,泳衣,泳衣。她的手在她的胸部和胯部画出泳衣的线条。在她的提醒之下,我注意到了她的乳沟。这一点也不让我羞涩,不要说那么一点乳沟,就算她的乳房整个暴露出来,也不能让我震惊。乡下孩子,见过多少妇女喂奶,硕大的乳房充满汁水,蓬勃地展示着野性的生命力,那都是常见的物件。我真正感兴趣的是她的眼睛,像蓝宝石。我也想有一对那样的眼睛,明亮、澄澈,像是天空和湖水结合的圣婴。她说她会游泳也让我好奇,我还没有见过女孩子游泳呢。若干年后的游泳课上,还是在别的什么地方,我忘记了。女同学们穿着泳衣,她们的腿和乳房具有了清晰的形状和色泽。我突然意识到她们是女人,有着和衣冠齐整时不一样的肉体,以及隐秘的欲望和仅供私享的美。我的眼睛因此而低垂下来,我想起了湖塘边的美国姑娘,身体瞬间被唤醒。

从湖塘回到山坡,美国姑娘的美戛然而止。翻译告诉我们,美国姑娘想给我们拍一张照。我们这才注意到,翻译脖子上一直挂着相机。此前,我们的目光完全被美国姑娘吸引过去了。她多好看啊，和我们以前看过的姑娘都不一样。她不光白，还有我们陌生而向往的气息。我们这一带从来没有能够和她相提并论的姑娘，再洋气的姑娘，穿再好的裙子在她面前都是土气的。要是在过去，有人背着相机走进村里，消息很快覆盖整个村庄：照相的来了！通常，拍完照片，要很久，照相的人才会再次来到村庄，分发照片，收钱。我还藏有一张童年的旧照，黑白的，大约两寸。我手里拿着一束塑料花（这通用的道具），脚上穿着一双劳动鞋（我最干净漂亮的鞋子，和运动鞋有点相似，黑色的胶底，鞋面黄绿色，帆布质地），头顶上戴着一顶草绿色的小军帽。照片上的我可真神气。我站在正开花的栀子花前，背后一片嫩绿的稻田。那天，母亲心情很好，她说，你还没有一张单人照呢，照一张，以后给你媳妇看。母亲给我找出了我最好的衣裤，又给我洗干净脸，连手都仔仔细细地擦过。那庄严之姿，恰似外国孩子第一次去教堂做礼拜。我人生最早，也是唯一存留的照片就此留下。妻子看过那张照片，甚是不屑一顾，你是越长越残破了。女儿倒是说，还是挺可爱的。想象一下，当美国姑娘说想给我们拍张照片时，那群乡下孩子有多开心。我们领着她去了我们认为最好的拍照地点。湖塘的荷花池边，荷花开得那么好，白里透着粉，荷叶精神，不蔓不枝，莲蓬脱掉花瓣也快熟了。水里不光有倒影，还有青蛙和游鱼。美国姑娘摇了摇头。我们又去了山坡的松树林，满山都是松针浓郁的气息，松树边的石头上苔藓斑驳,杂色的野花开得旺盛,简直可以入画的。美国姑娘还是摇了摇头。我们不得不拿出撒手锏,带着美国姑娘去了我们平时舍不得打扰的堰湖,那里有全世界最漂亮的水。堰湖边石壁高耸,缠绕的藤蔓垂下,漫湖花色,天空的云朵沉寂在水底,像是通往宇宙另一头的秘密通道。美国姑娘被堰湖的美震慑,一番大呼小叫之后,她还是摇了摇头。她简直让人绝望。我们已经拿出了我们最好的东西,还是不能打动她。她要是个待嫁的姑娘,那一定是全天下最不好说话的姑娘。

在村庄周边游荡半天后,她选了一个地方。她选的那个地方,连翻译都犹豫了一下,就是这里?翻译和她交谈时,脸色略有不悦,美国姑娘却异常坚定。他们讨论了一会儿,显然美国姑娘的意见占了上风。翻译灰着脸告诉我们,美国姑娘想在这里给我们拍一张照片。那是个什么地方?简直让人难以启齿。有谁还记得三四十年前乡下的厕所?不要说三四十年前,就说十几年前,那也是让人难以接受的。我有个朋友,浙江人,她嫁给了湖北人,他老家在乡下。第一次和丈夫回乡下,她看着乡下的厕所,哭了。那怎么能叫厕所,地下一个深坑,土砖堆起围墙,上面盖着茅草、薄膜、简易的木板或单薄的预制板。没有蹲坑,两条木板颤巍巍地架在粪坑上。粪坑之脏之混乱,让她想吐,她拉不出来。她逃跑一般从厕所出来,急得大哭。丈夫不得不把她领到别人家里,那里好歹有个洗手间,尽管气味说不上芬芳。在乡下住了一晚,她再也住不下去了,冒着被人责怪的风险逃回了城市。她对丈夫提出了回乡下老家的唯一要求:在家里搞个像样的卫生间。听到她的故事,我也理解了一次旅行。那次旅行,有位姑娘连高速公路休息区的厕所都无法接受,每次只有到酒店她才肯上厕所。因此,她吃喝都非常小心,近乎苛刻地控制自己的欲望。作为一个乡下人,我开始以为那是矫情,哪有那么难以接受?如果在野外,那怎么办?当年的走马村,和别的村庄一样,沿着山坡建了一些厕所。有些连厕所都说不上,不过是粪坑罢了。家家户户都有自己的厕所或粪坑,农业的肥料都来自那里。小孩们被父母反复训诫,一定要拉在自己家的厕所里。死鸡死狗死猫,甚至死猪都扔在厕所里,它们在烈日的暴晒下鼓胀起来,随时会爆炸一样。肥硕的绿头苍蝇围着动物的尸体飞舞,热情不亚于财迷发现了金矿。美国姑娘在全走马村给我们拍一张照片。

美国民谣大师约翰·丹佛在 *Take Me Home, Country Roads*, 里面唱道:"Mountain mom-ma, take me home country roads, all my memories gather round her." 歌词中的美好让我伤感。在我看来,走马村就是我的西弗吉尼亚,它本可以美好如初生的婴儿,让我一辈子对它只有丝绸般单纯柔顺的爱。美国姑娘拍下的照片,让我重新开始思考,走马村并没有那么美好,即使只是童年记忆。

这样的羞辱，像是乐章的高潮，在平静而庸常的生活之中，时不时跳出来，露出它狰狞的真容，向你演奏世界的另一面。后来，我离开走马村，跟随着父亲沿着铁路线搬迁。父亲作为一名铁路工人，干的是最苦累的工种，养路工。离开走马村之前，母亲时常悲叹乡村的艰辛。日常的乡村看起来闲适舒缓，一到双抢季节，人像一台机器，疯狂地运转，丰收的喜悦也不能盖过肉体的疲惫。每年双抢，总有妇女喝了农药，乡人用竹床抬着喝了农药的妇女往乡镇卫生所狂奔。有的死在半路上，幸运的洗胃之后苟且活着。自杀过的妇人，在乡下是会被人看低一眼的。那些可怜的妇人，一到双抢季节，既要下地帮忙，又要做饭带娃。男人在劳累的愤怒中，将怨气发泄到女人身上。无法承受的女人，崩溃之下，只能拿起一瓶农药。生命轻薄如纸，一戳就破的。母亲说，一个女人，带着三个孩子，男人也不在身边，她吃的苦比黄连还要苦些。即使母亲这么说，见过父亲的日常工作之后，母亲还是感叹，湖北的夏天，那热是有名的。铁路上的热，我想见过的人不多，允许我描述一下。铁轨在烈日下闪闪发光，青褐色的石子、浸过沥青的黑色枕木，拼命地吸收热气，又放肆地散发出来。沿着铁路，一条升腾的热气，河流一样涌动。那是可见的热气，它们像无色的火焰一样激烈地燃烧，人走在前面，热气阻挡着视线，人影轻跳地摇晃。那么热，别说干活儿，从铁路上走一遍都是遭罪。父亲和他的工友们，在热气腾腾地铁路上干活儿，说挥汗如雨没有一点夸张与形容的意味，不过是纯粹的写实罢了。冬天的冷，无须描述，但至少比热要好一些的。

父亲到铁路上班纯属偶然。春节，铁路上招工，名额派到各个村。正是春节，没人愿意出门。一群和父亲一样没人疼爱的男子跟随着领队来到铁路上，他们挖水沟，铺路基，架铁轨。晚上睡在火车车厢里，胡乱地挤成一团，如同溃败的即将发配西伯利亚的流浪汉，冬冷夏热不再赘述。这批工人，有的干完活儿又回到了乡村，这段经历如同人生的插曲。少数表现突出的幸运儿，转正成有编制的铁路工人，从此告别了农民身份，成为乡下人羡慕的国家的人。他们的一辈子，就此交给铁路，其中多数人在乡村的支线干到退休，只有极少数人调到城镇的干线，过上了城镇人的好日子。和父亲一起来铁路的，还有一位后来声名显赫的大人物。偶尔谈起他，父亲还是很感慨，那会儿他干活儿，真是拼命。冬天那么冷，沟渠里都结了冰，他脱了鞋子就跳进去，我都没那么干脆。对他的升迁，父亲的评价是"应该的，他脑子灵活，也有文化"。脑子灵活可能是真的，至于文化，也不过是初中罢了。不过，相对父亲的小学二年级，那简直是高级知识分子了。父亲不同，他沿着乡村铁路走完了大半生。我数了数，不到十年时间，我们跟随着父亲去过三个铁路工区。这些乡村铁路工区，有着相似的外貌。低矮的平房，狭小的房间，院子倒是宽大，多半种着法国梧桐，还有难看的绿植，无一例外的都有一口井。即便这么一个地方，也是让周边的农民羡慕的，他们有周末。到了周末，他们还会聚在一起喝酒。铁路上工人不够，也招聘一些农民工，月收入一百五十元。这样一份工作，农闲时也是抢手的。对此，母亲的评价是"农民还是可怜，一样的工作，拿的钱少那么多。儿啊，你要好好读书，我们现在连地都没了。不读书，你能干什么呢"。话是这么说，铁路上的劳动强度还是让母亲心疼。母亲能做的是尽量地体贴父亲，做好家里的事情。

我们一家人跟着父亲到铁路时，父亲早已当上铁路工区的工长，那是铁路工务系统最低级的管理职务。在这个职务上，父亲干了快二十年。他像个救火队员一样，在各个工区辗转，我们随着父亲沿着铁路线搬迁，像居无定所的吉卜赛人。我已经大了，最初的新鲜感消退之后，我厌倦了这种漫无目的的生活。我本以为，从乡村出来，我们至少可以到一个小镇上生活，能够接触到城市的边缘。我怎么能想到，我们依然生活在乡村的包围之中。铁路工区像一个孤岛，被农田和农民孤立。在周围的村民看来，那是一群吃国家粮的人，算是城里人。生活在里面的人却感觉到被城市抛弃，他们不过是一群吃着国家粮的乡下人，干着比乡下人更苦更累的活儿。这些铁路工人，娶的多半是农村姑娘，成为艰难的"半边户"，亦工亦农。能娶到城镇姑娘的，寥若晨星。即便如此，附近的乡民对他们依然抱有潜在的敌意。在他们看来，铁路侵占了他们的土地，却没有给他们带来任何好处。按照规定，父亲作为工长，不用天天去铁路上出工，他还有一些管理上的工作要处理，比如算工资、开会、做资料等等。父亲很少待在工区，除非不得已，他都和工友们一起出工。我对父亲的工作略有了解，但毕竟不多。时至今日，我依然记得铁路的轨距——1435，一点四三五米。这也是父亲一位工友的绰号，他矮。有次休息时，他躺在枕木上，身体刚好放在铁轨中间。那么矮的个子，力气也不大，铁路上的工作，让他吃尽了苦头。作为养路工，最害怕的是换枕木。每次换枕木，1435 都想哭。哭也没有办法，工作还是要做。父亲能做的是协助 1435 和年轻的工友，帮他们干一点。父亲退休之后，几次提起，他对城里的工友，还有瘦弱的工友，还是同情和理解的，他们干不了这种苦活儿，为了生存又不得不干。偶尔他们旷工，或者偷懒，父亲都不记在考勤上，能混过去就混过去吧。只有周末，他们坐在梧桐树下喝啤酒，院子里才有发自内心的欢笑。如果只是劳苦，这并不让人心酸，让我悲伤的是他们在工作中还会遭受羞辱。

　　某个夏日，午后。我在铁路上弯腰拔草。那年，我初中毕业，已长成高大的小伙子。我对父亲说，我给你打暑假工吧。父亲想了想，答应了。他给我派的第一份工作是到铁路上拔草，拔草是养路工最轻松的工作。正常情况下，一个下午或者一个上午，要拔六根铁轨还是七根铁轨的草。杂草长在石子缝里，有的根系很深，而草茎又很脆弱，并不好拔。我蹲在铁路上，像蜗牛一样缓缓挪动。我直起腰来，又弯下，有时干脆坐在路基上或铁轨中间。不到一个小时，我的腰酸痛得难以直立，手指也被石子剐蹭得胀痛难忍。尽管如此，我依然勉力坚持，直到太阳落下山去，我绝望地发现，我只拔了三根铁轨的草，六根铁轨看起来不远，却那么的长。回到家，父亲没有问我有没有完成任务，只说，洗手吃饭吧。父亲给我倒了杯啤酒问，明天还去吗？好胜心让我点了点头。拔了一个礼拜的草之后，父亲允许我和工友们一起出工。换枕木修路基那些活儿我干不了，也没有人打算让我干那些。他们看我干活儿，笑嘻嘻的，像是工地上来了个杂耍艺术家。我拿着一把铁镐，帮忙打浮起的道钉，这是我唯一能独自完成的工作。我更像一个观察者，而不是工作者。那段时间，我看到了父亲和他的工友们真实的工作状态，对他们生出更多理解。我见到了什么呢？工作不提了，那没什么好说的。我还记得有位来自河南的工友。休息的间隙，几个年轻的姑娘从铁路上走过，那是些漂亮的年轻姑娘，穿着短裙，露出白皙丰美的大腿，乳房鼓胀跳跃。一群久未碰过女人的汉子行注目礼般看着那群姑娘，目送她们走远。这群远离家人的汉子，多半一个月或者更久才回家一次。还有人记得红色巨轮的黑色蒸汽机车吗？它们怪兽一样在铁路上喘着粗气。我刚到铁路上时,看到蒸汽机车开过来都会远远躲开。实在躲不开,只好捂着耳朵站在铁路边上。车轮那么大,发出巨响,铁轨和地面都在震颤,一节节车厢紧跟在后面,它的巨大和蛮力让人恐惧。父亲他们不会躲开,他们习惯了。他们憎恨的是有些司机特别浑蛋,经过他们时,故意放出白色的蒸汽。他们在蒸汽中搞得灰头土脸,怒骂车务那些人。父亲曾经对我有过期待,希望我能上铁路司机学校,开上火车。那时,火车开始进入电力机车阶段了。

这些都不算什么。我难忘的依然是某个夏日午后,父亲和工友们在道口换枕木,做维护。道口是铁路和公路的交叉处,也是最容易出事故的地方。父亲正领着工友换枕木和铁轨交接处的钢板、螺钉。这个时候最怕火车开过来,一旦发现有火车要过来,他们得快速把钢板螺钉拧上,等火车开过之后,再继续工作。施工现场前方的路基边,会有一位工友举旗提示经过的火车,前方施工需减速慢行。那天,父亲他们正紧张地工作,我拿着铁镐在边上做点辅助性的工作。远处的工友举旗提示,火车快要过来了。父亲他们加快了工作速度。就在这时,一辆小货车开了过来,要过道口。父亲当然不允。车上跳下来三四个青年,对着父亲他们推推搡搡,其中一个指着父亲骂道,还真把自己当个人物了,你信不信我现在就踩死你?父亲没有理会,继续干活儿。青年走过去,踢了父亲一脚,继续骂。他指着父亲,一刻不停地骂骂咧咧。愤怒终于战胜了我体内的懦弱，我没有办法让人如此羞辱我的父亲。我提起手里的铁镐正要冲过去，旁边的工友抱住了我，另一个人抢下了我手里的铁镐。火车过去了，小货车也过去了。我扔下手里的铁镐，愤怒地回了家。一路上，悲伤占据了我的全部身心，我感到羞耻。我的父亲，他怎么可以接受如此的辱骂？他怎么还能继续干活儿，像没事一样。晚上吃饭，父亲给了我一瓶啤酒。他没说什么。有了孩子之后，我问过父亲，他是否记得这一幕，父亲说他忘记了。也许这样的事情不止一次发生，他没有放在心上。有一个细节我没有给父亲讲，那几个青年刚开始辱骂他们时，我充满恐惧，我害怕。当我提起铁镐，准备冲上去时，我的脑子一片空白，只有一个念头，我要砸死那狗娘养的。还有，高中毕业那年暑假。我去一位同学家里喝酒。喝酒时，我谈起了这事。同桌的一个男青年突然举起杯子，跟我说"对不起"。他说，他就是当年的那位青年。多么荒唐，几年之后，我和羞辱我父亲的人坐在了一个桌子上。那不是羞辱，他在精神意义上杀死了我的父亲。我冷漠地和他碰了一下杯，没有原谅他。我怎么可能原谅杀死我父亲的人。我知道，那个青年也不是彻头彻尾的坏种，年轻让他冲动。如今，我也活到了接近父亲当年的岁数，我理解但不接受。父亲，我爱你，你才能得以复活。否则，绝不可能。

来过我房间的客人

　　我在这个小区住了十五年,看着小树长成大树,原本干净的墙面变得斑驳。只有树叶间的光影一如既往地落在地上,像是什么都没有发生过。小区刚盖好那会儿,到处都是装修的声音,随后,它安静下来,进入漫长的生育期。刚买了婚房的姑娘,比鸡蛋花还要漂亮一些,她们的脖子花瓣一样柔白,身边跟着的是她们爱的或爱着她们的男人。这些男人让她们受孕,成为母亲,她们将生出新的少男少女。然后,他们长大,恋爱,搬进另一个小区,重复类似的故事。这是宿命,也是人类的绝技,爱永远无法穷尽。一个始终没有确切答案的天问,值得人类持久地探索,发掘出新的意义。新婚的少妇们,陪伴她们的先是她们的丈夫,他们拉着手在小区散步。这是铁城当时最好的小区,为了精确,可以加上“之一”二字。显然,他们感到满足且幸福。然后,她们大了肚子,嗷嗷叫过之后,肉乎乎的小崽子们来到人间。那些可爱的小肉球舒展开来,有了清晰的眉眼,说出童年的诗句。他们跟在母亲后面,从认识花草开始认识世界。男人们消失了,据说要从事人间的工作,以便养活一家老小。妇人、孩童和老人构成小区里活动的景观。等到小崽子们进了学校,小区里的狗多了起来,女人们牵着狗在小区散步,她们进入不情愿的中年。小区随之老去,昔日的荣光丧失,树木却更加繁荣起来。

十五年,我的房间,依然新鲜。我似乎每天都能发现它的新奇之处,就像我从女儿和儿子身上,看到一个陌生的世界。我常常想,也许我将在这里度过我的暮年,我的一生和它纠缠,终有一天我会平静地离开。我并不悲伤,我的房间里有人。如果说每个人都像一个创世者,那么,这里便是我创造的世界。我选定它,作为我创世的起点。我住进来,像一只忙碌的工蜂。周一到周日,我不需要休息。妻子到来时,手里没有苹果,她给我她的灵魂和肉体。她第一次走进我的房间,天和地就此分开,混沌的一切有了清晰的形状。我像是邀请到了一位伟大的客人,从此,每天可以跟她说"早安"。她充实了幸福的具体含义,并带给我两条美妙的注释。我们四个人,构成不合逻辑的整体,却又顺理成章。这不再是我一个人的房间,它合法的产权属于爱,而不是那个红色硬皮本。女儿和儿子说,这是我的家,我的房间,我的爸爸妈妈。他们说得那么肯定,像是两个掌握了终极真理的人。我对他们说的话深信不疑，并认定这是我幸福的源泉。如果说我此前从未相信过神话，也不认为有绝对无私的情感，那么现在，我想它应该有。连我这样愚笨的人，都离它们那么近。我喜欢房间里有人，我也明白，孩子不过是暂住者，他们终将离开。我的妻子，若干年后，我可能会把空房间留给你。对不起，那并不是我所想。

我确实拥有足够的幸运。在我住进现在的房间之前，我只经历过短暂的，几乎没有波折的一个人的生活。和我同期来到广东的外地朋友，很多人一次次搬家，在一个个城市之间辗转。这可能关乎梦想，也可能关乎现实。他们所说的惨烈和悲壮，我没有经历过。他们所说的痛苦和羞辱，对我来说也很遥远。我的第一份工作来自朋友的电话，他说，你愿意到我们这里做编辑吗？就这样一个电话，将我划归了广东。从武汉开往广州的火车，一路穿过湖北、湖南，经过一段段密集的隧道之后，视野变得宽阔起来，我进入了广东的地界。这不是我第一次来广东，此前，我来过几次。火车停在广州站，天色阴沉，身边的人忙着收拾行李准备下车。他们背着大包小包，一堆的东西。人群拥挤着，像是急于离开封闭的车厢，走到踏实的城市中去。火车上恰好响起一段怀乡的歌曲，腾格尔的《蒙古人》，歌词清晰动人："洁白的毡房炊烟升起/我出生在牧人家里/辽阔的草原/是哺育我成长的摇篮/养育我的这片土地/当我身躯一样爱惜/沐浴我的江河

117

水/母亲的乳汁一样甘甜。"那一刻,我有一点甜蜜的惆怅。啊,我终于成了一个离家的人。等待我的是陌生的生活、陌生的城市、陌生的人。我将进入一个几乎没有熟人、没有朋友的城市。我将在那里,但我对那里几乎一无所知。从广州到佛山,坐在长途大巴上,我注视着车窗外的珠三角,夜色中的珠三角,具有粗糙明亮的轮廓。香蕉、荔枝和杧果树,快速闪过的大榕树,制造着陌生的景观。我没有想过我该如何生活下去,我知道有一份不错的工作在等我,它将给我提供安身立命的微薄资本。我想的是我有点饿了,要去吃点东西,而我在这个城市唯一的朋友,他是不是在车站等我。

车停在佛山汽车站,我打了个电话,朋友告诉我一个地方。他说,你该饿了吧,先吃点东西。走出佛山汽车站,密密麻麻的摩托车让我有些惊慌,他们拉客时过于热情的架势让我感觉不安。此后很久,每次上街,看到路口蝗虫一样密布的摩托车,我还是感到惶恐。它们"呜呜呜"地嘶叫着,像一头头被缚的怪兽,随时准备冲出去。为什么要有这么多的摩托车?它们的样子实在很丑啊。上了的士,我随手把包扔在座位上,告诉司机地方,力图让自己表现得像一个外出归来的人。我的年轻和陌生还是出卖了我,或许是我对窗外的好奇让的士司机确信我这是第一次到佛山,尽管我要去的地方是本地著名的消夜档。上车前,朋友一再告诉我,打车过来最多十五块钱,我还是付了接近三十元的车费。这样的学费,凡是来广东的年轻人,谁没有交过呢?我也不能例外。在消夜档坐下,见到朋友,我真的饿了。我们喝酒,聊着一路的见闻。奇怪的是我根本没有考虑我今晚住在哪里,似乎这一切都已准备妥当。还是朋友对我说,今晚你去我家里住,明天下班后,我带你去租房子。喝了几瓶啤酒,再加上路上的紧张,见到朋友后,一放松下来,疲惫蜂拥而至。我对朋友说,我困了。躺在朋友家的床上,我睡得并不好,总有种怪异的感觉,像是我正在书写某个故事的开头。确实是在写一个故事,我想,这个开头即使说不上漂亮,至少也是让人放心的。它没那么好,却也不坏。它宣示,我已经成为一个真正独立的成年人,而不是法理上的成年。我将拥有我的生活,属于我的,需要我独自承受。直到有一个人愿意像个疯狂的赌徒,在我身上投下所有的资本。这个人,我还不能确定。我醒得很早,站在朋友家的阳台上抽烟。早晨的佛山,既明亮又干净。朋友家的阳台养了一些肉乎乎的盆栽,我摸了一下,刺手。

报到,见过领导,和不同部门的同事见面。这个过程很快结束,我坐在了属于我的办公桌前。朋友说,你先看看杂志吧,熟悉下风格。我去资料室拿了一堆杂志,像在学校图书馆里一样悠闲地翻阅起来。我的第一份工作是文学编辑。这是一份广受欢迎的杂志,尤其是在珠三角,拥有让人惊叹的发行量。它将让我过上还算体面的生活,不必为活着发愁。一天很快过去,快下班了,朋友给我发了个信息,下班我陪你去租房。朋友发信息给我之前,编辑部约好了饭局。我问朋友,时间够吗?朋友说,够的,租个房子,多容易的事。从杂志社出来,下到一楼大堂门口,朋友指着对面说,就租这里吧,上下班方便。那是佛山著名的城中村,华远村,我在佛山的三年,除开短暂离开过大半个月,都住在那里,两个不同的房间。

华远村有着丰富的内在结构,一条略宽的巷子贯穿东西,两边更窄的小路通往不同的楼房,这让村子具有鱼骨一般的构图。一走进村子,光线瞬间暗了,凉意涌来。楼房的阴影无处不在,阳光无法下潜至地面。沿着巷子,棋牌室、各色小餐馆、卖衣服鞋子的小店,杂乱地铺陈开来。路边还有卖烧烤的、卖臭豆腐的、卖手机贴膜的、卖小挂饰的等等,一派热闹的生活气息。和生活气息一起涌过来的,还有浓烈的打工味儿。人和人之间的差异消失,他们古怪地融合在一起,和街对面的大楼形成诡异的对比。路边的墙上贴满了租房广告,朋友随机打了几个电话。过了一会儿,一个中年妇人站在我们面前,她看了我和朋友一眼,望着我说,你要租房子吧?朋友点了点头。妇人领着我们穿过一条巷子,站在一个矮小的门房前。涂了黑漆的铁门斑驳锈蚀,几乎成了花斑鱼的模样。楼道里黑乎乎的,什么都看不见。妇人走在前面,一边跺脚一边说,房子在四楼。没有电梯,如果楼道的灯坏了,我得摸黑走到四楼。打开门,妇人说,你们看看合不合适。房间有小客厅、独立的卫生间,它居然还有一个不小的厨房。和楼道比起来,房间采光和通风都还不错。妇人指着对面的楼房说,我就住在对面那栋楼,有什么事,你打电话给我。朋友问我,你觉得怎样?我扫了房子几眼,有点犹豫。对我来说,房子太大了。住惯了学生宿舍,让我一个人占有那么大的空间,我还不太习惯。我对朋友说,是不是太大了?朋友说,大点舒服些,小了很拘束的,气味也不好。很久之后,我才明白朋友说的气味不好是什么意思。妇人也说,比单间贵不了多少,生活方便多了,我还可以自己煮饭。既然如此,那就它了。交过订金,妇人把钥匙交给了我。

从房子出来,手里握着钥匙,我有点恍惚。就这样?这么简单我就把自己安顿下来了?朋友说,我带你去卖旧货的地方看看,要点什么你买点什么。旧货店里人来人往,生意兴隆。都是暂住的人,凑合着即可,过于讲究似乎没有必要。花了不到二十分钟,我订好了所有我要的东西。看看时间,从下班,到租好房,买好房子里的配套用品,前后不过一个多小时。这超出了我的想象,我以为生活会比这复杂得多。编辑部的饭局气氛热烈,席间主编问我朋友,搞定了吧?朋友说,可以了。这是唯一一句关于我生活的对话,也许他们见过太多的人来人往,知道安顿下来不过是再简单不过的事。(如果说偶然,比如此刻,我无法描述我的沮丧。请原谅这次不恰当的插入，我昨天写下的文字丢失了。和文字一起消失的还有我当时的感受和情绪，即使复写，它也已经变形，它可能彻底改变了这篇文章的走向，接下来写下的，将是完全不同的东西，到底哪个更真实、更贴近，我无法证实。我痛恨这种偶然。）我想到命运，不过是偶然罢了。如果不是某一天，我偶然打开了榕树下的网页，偶然看到了一篇文章，我就不会拥有一个广东女孩。如果，我没有约武汉大学的朋友喝酒，如果他没有告诉我，他在我将来工作的杂志上发表了一篇小说，拿了一千多元的稿费，我就不会给这个杂志投稿，我也就不会接到约我过来工作的电话。此前，我从来没有想过我会到广东工作，我想我应该去北京，难道我不是一个理想青年吗？改变，如此轻易，它甚至没有留下思考的空间，我安然接受了它。

像楼道里的黑暗，住进房子的第一个夜晚，我感到孤独，也有恐惧。我约朋友喝酒，喝到半夜。摸黑回到我的房子，我躺在床上，没有开灯。这么大的房子，像谎言一样不真实。我比以往任何时候都想念我的广东女孩。周末，她来看我，帮我布置了一下房子，添置了一些她喜欢的小物件。吃过晚饭，在街上逛了一会儿。对她来说，家在不远处，这里不过像旅途中的客栈，她不需要在这里获得安全感。我不同，虚无感正在猛烈地侵犯我，对我来说，这里什么都不是，我像一条离家千里的丧家犬，这个房子不过是临时的避难所。

我和她之间，还没有获得坚固的证词，也没有合法的形式感。即使她拿着这个房子的钥匙，她也不过是这个房子的访客。这个房子对她来说，没有意义。

她不是这个房子唯一的访客。

我认识一个重庆女孩，她害羞，不爱多说话。她对我说，她父亲在深圳打工，每年寒假，她会到广东过冬。我对她说，你来佛山玩吧，很近的。她说，再说吧。突然有一天，她告诉我，她要回学校了，可以顺路过来看看我。接到她时，她正站在华远村对面的大楼门口，剪着男孩子似的短发，染了惹眼的金黄色。她很少说话，多半时候在听我说。她好奇的神态，让我觉得我正在犯下一个巨大的错误。第二天，我送她去车站。她的车晚点，坐在候车室，她一直低垂着头，有点难过的样子。我突然被一种巨大的情绪笼罩，像是爱情汹涌着来到我身边。车站离别的气氛，渲染了恰到好处的激情。犹豫了一会儿，我对她说，别走了。她有点惊讶，拿着车票的手翻来覆去。就在她考虑要不要将车票扔掉时，广播通知她要坐的车已经进站，开始检票上车。广播将她拉回现实之中，她说，对不起，我要走了。此后，我再也打不通她的电话，她删除了我所有的联系方式。我不知道她还会不会想起这个房子。也许会，她在这里留下了她的汗水和泪水。这些青春的物质，带有不同的情感属性。

这个房子还来过一位我没有见过的访客。有天，我下班回来,发现门锁坏了,推门进去,衣柜里的衣服被翻得到处都是,连书架上的书都被扔在地上。至于床头,更是一团混乱。在诧异中,我给另外一个住在华远村的同事打了电话。过了一会儿,他走进来,嘴里叼着根烟说,我还以为发生了什么呢。他问,丢东西了吗? 我说,好像没有。他又问,你钱放家里吗? 我说,也没有。他轻描淡写地说,那没什么,收拾一下,换个门锁。他甚至没有提到"报警"二字,也许这一切在他看来太过正常,根本不值得在意。换好锁,出去消夜时,喝了点酒,他笑说,快过年了,都在想办法找钱,找到你门下,也是见了鬼,什么都没有。人家没把你电脑砸了算是脾气好的。过了一会儿,他指着另一桌的一对男女小声说,看见了吧? 又指着另一桌的几个年轻人说,你那里说不定就是他们做的。那又怎么样呢,大家都要活下去。喝了杯酒,我原谅了没有见过面的访客。这些被人视而不见的难民,构成潮水流动的最底层。

但这依然不是让我印象最为深刻的访客。我还记得一张模糊的女孩子的脸,她摇着头说,你就是个浑蛋,你没有教养,你父母没有教给你做人的道理。也许我真是个彻头彻尾的浑蛋,她的辱骂没有伤害我,甚至,没有在我心里激起应有的波澜。此前很长一段时间,她给我写邮件,发照片。我明白她的意思,怎么可能不明白呢? 她都说得那么清楚了。她说要过来看我,我一直在拒绝,找各种理由。我看过她的照片,我知道她的工作,我对她没有爱,甚至没有欲望。她还是来了,还给我带了一袋她家里种的花生。见到她,我更加确信了我的判断,我和她之间,什么都不适合发生。大半个下午我都在想应不应该给她找一家酒店。她还是进了她不该进去的那个房子。第二天,她要下午才回去上班。我陪着她漫无目的地闲逛,她几次牵住我的手,又被我放开。后来,她也感觉到了,不再牵我的手。那一刻,她一定有种强烈的羞辱感。一个女孩,攒了两个周末的假来看一个男人,却被这个男人如此轻慢。而且,几个小时之前,他们还有肌肤之亲。在她感受到羞辱的同时,我也痛恨自己,可耻的欲望,让我成为一个下流的人。送走她,我把她带过来的花生扔进了垃圾桶。甚至,为此,我还专门下楼,走得很远,像是要扔掉一颗威力巨大的炸弹。几年后,我收到了她的一封邮件。显然,她已经忘记了她对我的辱骂、我对她的轻慢。

那几年,也许我活得确实像个浑蛋,没心没肺,也不顾忌天地间的道理。对我来说,生活并不复杂,食色而已。我有些朋友,被现实吊起来捶打。他们在城市间辗转,接受命运的凌辱,他们有着和我不一样的痛苦。我有一个朋友,他有着极其丰富的经历。即使作为一个写作者,我也从未羡慕过他。他给我描述过桥洞下度过的夜晚、三天没有吃饭的煎熬、身无分文的恐惧,甚至死亡逼近时的绝望。我理解,但我所经历的一切,注定我没有办法感同身受。我所谓的痛苦,在他看来也许全是矫揉造作。这两种痛苦之间拉开了巨大的界线，它们难以沟通，更无法放在心灵的天平上称量。我在被现实教育的同时，内心也被再次塑造，它让我长大成人。这是我进入社会的成本，每个人都必须缴纳一次。我的房子，既是我的休憩之地，也是我修炼的道场。它的明亮和楼道的黑暗像是两个隐喻，只有在黑暗中探索之后，我才能接受比黑更让人窒息的东西。回忆起那个房子，很奇怪，它似乎总有烟灰似的色调，让我看不清。

很快，我厌倦了文学编辑的工作。我想换个地方。我给朋友打了个电话，告诉他我想去他所在的报社工作。那时正是纸媒的黄金时期，他所在的报社拥有巨大的社会影响力，尤其是他们的副刊部，在业内更是让人称道。那是我想去的地方。他也只跟我说了一句话，你给我一份简历。过了几天，我接到了另一个电话，去了趟广州见过报社分管副总编辑，说了不到十分钟的话，然后去人事部门复印了身份证和银行卡，我获得了另一份工作。很遗憾，我没有去到心仪的副刊部，我被派到佛山站。在佛山站干了不到两周，我又被派往顺德站。我不得不搬家。我想，我可以再坚持一会儿，等副刊部缺人了，我再申请调往副刊部。这是一段荒唐的经历，让我搬进了顺德一个不错的小区。报社租了一套房，既是办公室，也是驻站记者的宿舍。说是顺德记者站，其实只有两个人，我和另外一个老记者。我们整天无所事事。老记者心怀壮烈，但作为被打击排挤的对象，他所有的想法都无法得以实施。我们能干什么？几乎什么都干不了。矛盾最激烈的时候，老记者打电话给佛山站站长，在电话里破口大骂。我难以掩饰我当时的惊讶，何以至此？在那套房子里，我有独立的房间，比在华远村条件要好得多，但更没有归宿感。它和工作纠缠在一起，让人无所适从。多半时候，我在房间里看书，睡觉，偶尔接待来访的同行。所谓工作，不过是筛选报料信息，看是否值得一做。要不，就是浏览当地的新闻站点、各个局的动态，做点鸡零狗碎的消息。可以想象，我的业绩自然差得令人发指，这也让我的经济陷入困顿，那毕竟是个靠稿费生活的地方。老记者比我更惨，一身本事无处发挥，没有业绩，意味着他无法养活一家老小。他和我的交流，基本限于对站长的谩骂和鄙视，对昔日荣光的怀念。这种状态，糟糕得很。奇怪的是，很快，我又被调回了佛山站。我又得给自己找一个房子。这次，我熟门熟路地住回了华远村，只是去了另一个类似的房子。给我的报道分工是农林水以及突发事件，这分配击碎了我最后的热情。

短暂的记者生活让我见识了生活不同的侧面，有些荒唐可笑，有些沉重抑郁，更多的是不断重复的日常。事实让我发现，我对具体的现实根本没有兴趣。我并不适合做一个记者，我缺乏对世俗生活的热情和好奇心。命运再次显示了它神奇的一面。还是偶然，我在饭桌上碰到了杂志社老领导。

他问我，怎样，干得开心吗？我说，一点也不开心。他说，那你回杂志社吧。我笑了，以为这不过是一句玩笑话罢了。我才辞职几个月，怎么可能又回去。再说，我也知道，杂志社进一个人并不是随口的事，他也不一定能做主。他又问一次，你愿意回来吗？我说，那你喝三杯，我跟你回去。很大的啤酒杯，他“哐当”喝了一杯。接着，“哐当”又喝了一杯。他倒上第三杯时，我举起杯和他碰杯，喝得百感交集。还没等酒局散场，他说，你跟我回杂志社。回到杂志社，他去请示领导。过了一会儿，他回来说，你先回去休息，明天来上班。这次，不要那么任性了，好好干。就这样，我又回到了我熟悉的生活之中。

华远村的房子和以前一样，幽暗的楼道、紧凑的内部，它们构成我独立的生活。这次，我没有恐惧也没有焦虑，更没有孤独。我有了自己的朋友圈，过着熟悉而安稳的生活。这种生活一直持续到我离开佛山，住进现在的小区。我的生活说得上苍白，没有大痛大悲，也没有大起大落，完全不具备故事性，和传奇更是没有任何关系。像我这样的人，可能构成生活中的大多数，他们的痛苦和欢乐也因此显得廉价，像不再有人使用的一分硬币。即使只是一枚一分硬币，它也有它的硬度和弧线、它的光泽和微不足道的价值。对于他人，几乎没有意义。对于它自身，则是意义的全部。庸俗而平静的生活，我将持续。我祝福天下所有和我一样的人。

恰同学少年

十二月初的新疆石河子已经零下十几摄氏度,我所在的南方还在二十摄氏度左右。十一二摄氏度的天气,对南方来说已经很冷。比如今天,我给儿子穿上了毛衣和羽绒服。我想起了我的一位高中同学,他在我隔壁班。我们读的那所高中,算是当地非常好的高中,学生们都有高昂的心气,以为将来要兼济天下的。很多年前,我们都是十几岁的高中生,刚刚进高二,读文科。我们那所学校,对文科略有歧视,总以为读不了理科才去读文科。真想读文科的确实也不多,一个年级十几个班,文科班只有可怜的两个。文科生像被挑剩的残次品,被赶进另外一栋破旧的教学楼,和理科班远远地隔离开来,如同一群不争气的病毒。刚分班不久,同学们经过短暂的陌生之后很快熟络起来。校园里的香樟树,长得又高又壮,树叶浓密。一年一年,无数的学生从树下走过,去操场,去食堂,去宿舍,去教室。经过三年的淬炼,他们从这里去往全国各地,像是被邮寄出去的包裹。我们在分拣平台上等待社会的估值,然后发往合适的地点。有些不合格的包裹,将被退回给寄件人。估值的压力让我们焦虑,理想与现实的距离变得很近。这些被打上"文科"字样的包裹,被嵌上法律、经济、管理、文学和新闻等等理所当然的关键词,它们和单纯的自然科学从此断了联系。尽管尚未估值,这些包裹多少也知道了人间的残酷,如何拥有一个不被歧视的未来,对他们来说是一个值得考究的命题。

我们站在教室外的栏杆那里闲聊,一群男生挤在一起,谈论理想。现在回想起来,我们当时的讨论既不现实,也不具体,几乎都是抽象的概念、漫天飞舞的乌托邦色彩。轮到那位同学了,他是隔壁班的班长,长得粗壮,颇有江湖侠气。他缓缓吐出几个字,我想当乡长。他一说完,我们都愣住了。见我们意外,他又补充了一句,如果能当市长,那就更好。他的话让我们都笑了起来。我们问他,你想当哪里的乡长,哪里的市长?他说,要当乡长就当他们乡的乡长,市长当然也是本地的市长。他认真的样子,又一次把我们逗笑了。等我们笑完,他严肃地说,我说真的,不开玩笑。年轻真好啊,当时我们的笑几乎接近嘲笑的味道。很快,他想当乡长的故事传到了老师那里。老师问,你想当乡长?他说,对,当乡长。老师居然是鼓励的,这太让我们意外了。你们平时不是鼓励我们志存高远吗,怎么变成当乡长了?这种芝麻大的官,还配作为理想去追求吗？出于好奇，我们问他为什么想当乡长。他说，如果他当乡长，一定要改变他们那里的风气，那些当官的太不像样了。至于怎么不像样，他仔细给我们讲过。如果他当上了乡长，必将为父老乡亲谋福利，端正视听之类。从此，他"乡长"的绰号传播开来。快二十年过去了，事情发生了有趣的变化。他没有当上乡长，却当上了石河子大学的教授，研究农村问题。为什么去新疆，谁能相信他是因为理想呢？他怀着一腔热血去了新疆，在那里安家落户，教书育人。在他的朋友圈里，他发表的言论，依然能看出"我要当乡长"的那种热情和执着。当年那位提醒他"乡长不好当"的同学，后来真的当了他所在的那个乡的乡长，作为援藏干部，又当上了我们读书所在的那个县级市的副市长。他的理想，也实现。

　　某年春节，高中同学聚会，饭局上人不多，多数同学都在外地。当初想当"乡长"的那位没有参加，同来的有后来当上副市长的那位同学。那会儿，他还在市委，具体的职位我早忘了。毕业多年，同学们之间疏于联系，更不要提出门在外的。留在本地的同学自然地形成了一个小圈子，也仅限于读书时关系不错的几个。对他们之间的关系，我几无了解，也正是没有了解，才让我意外。席间，谈起当地的情况，一个同学问后来当上副市长的那位同学，你为什么不去当镇长？据说，当时组织有意放他出去，到某镇当镇长，他婉拒了。面对同学的发问，他说，都是同学，我就不说假话了。我当然知道下去当镇长机会多，但我不能去，我的资历和年龄压不住，搞砸了以后就没有机会了。那会儿，他三十出头，已在机关历练多年。何况，他的岳父，时任市政协副主席，那是我们另一位同学的父亲，他娶了同学的妹妹。我们谈到"乡长"，他笑了起来，当乡长不容易，他太理想主义了。这注定他做不了乡长，最好是去做学问。中午喝完酒，一帮同学说去喝茶，晚上再继续喝酒。我们邀请他同往，他说，下午还有点事情，你们先去。约他晚上再聚，他说，要是没什么特别的事情，他肯定过来，到时电话联系。等他走了，去茶馆的路上，和他联系密切的同学说，他晚上不会来的，中午肯过来，已经是给了面子了。晚上的酒局气氛依然热烈，新的同学加入了战场。这些当年的少年，都已长大成人，有着各自不便言说的秘密和痛楚。在平时，他们掩藏起来，面对同学，多少放开了些，都是些知根知底的人。我们说起当年的那个中午，都有些感慨。

从高中毕业至今，我再也没有见过"乡长"。他在新疆，我在广东，我们没有交叉的专业领域，几无往来。我的同桌，倒是见过两次。一次在珠海，他一家来珠海度假；另一次在北京，我在人大念书，他来出差，我们约了见面。这位同学，暂且称他为 W 吧。W 平时成绩很好，高考时考得不太好，他去了农学院。那个学院远离武汉，有种发配边疆的感觉。读了半年,他回校复读。后来他考到了兰州大学,毕业进入了新华社,此后长居沈阳。W真是个有趣的人,喜欢文学、体育和一切看上去不太靠谱的东西,但又是一个极其靠谱的人,能把每一件事做到能力范围之内的尽善尽美。他娶了他兰州大学的校友,据说在校时两人并不认识。同在沈阳,偶然见过面后,他们彼此感觉不错,很快结了婚。他的妻子,端庄贤淑,有着难得的大气。说来偶然,他妻子倒是专业的文学人士,现在是某家著名文学评论刊物的副主编。W来北京出差,我们约了见面,一同见面的还有Q。Q也是同学,学霸,我们班上唯一考上北大的才子,读的光华管理学院。高中阶段,Q和人交往不多,平时也少言语,在我们那帮不学无术的同学面前,他甚至说得上无趣。然而,我知道,他有着优越的鉴赏能力和智商。说来凑巧,有次,我写了几首诗,自以为很不错的。我把诗给他看,有点炫耀的意思。他看完,把诗还给我,一句话没说。他的冷漠让我的骄傲受到了刺激,我问他,你觉得怎样?他勉强说了句,有点意思。再追问,他说,和普希金的差得太远了。当他说出普希金,我再骄傲也得闭上嘴巴,但我还不死心,问他,我的诗差在哪儿了?他懒洋洋地说,语言简陋,格局和视野差得太远了。见我没反应,他又补充了一句,你这样写,写一辈子都没有前途,鸡零狗碎的,没有精神深度。他泼给我的岂止一瓢冷水,简直直接把我扔进了冰窟窿。他说的这句话,我记了很多年,慢慢理解了他的意思。我感到惊异的是他当时怎么可能理解到那么深的程度。那会儿，他不过是个十几岁的高中生，也不大可能读过几本诗集。他的判断却如此准确而深刻。不得不承认，有些人天生拥有卓越的理解力和感受力，这是老天爷赏给他们的资本。我想起了当时学校里另一个著名的神人，他的成绩好到令人愤怒的程度。每次考试，在我们那所高中，他能领先年级第二名二三十分，他是理科生。而且，他的文科成绩也足以藐视最优秀的文科生。学校里不少老师和学生对他感到好奇。据说，有老师想去看看他到底长什么样子，他们班主任都懒得领，直接扔了句，你去我们班上找到头发最乱，样子最邋遢，看起来长得最蠢的那个就是了。他的头发真乱啊，说是鸟窝绝对不是比喻，整个人看起来又蠢又脏。高考时，他发挥得不太好，以让老师们失望的分数进了清华大学。要知道，老师们的期待可是省状元。这并非痴心妄想，我们学校确实出过省状元。我猜想，他应该会去做科学家，他可不就是科学家理想的样子吗？然而，他再一次制造了意外，他从北京大学马克思主义学院毕业，获法学博士学位，现就职于中共中央编译局，主要从事马克思主义经典著作编译以及马克思主义发展史方面的研究。他的第一本专著研究的是列宁的革命思想。听到这个消息，我还不太相信，查了一下，他的信息清晰地显示出来，名字、籍贯一字不差。这样的人啊，干什么事情我都不会觉得奇怪。他们的天才，让他们有着自由发挥的本钱。

W告诉我,约好了Q。我和Q快二十年没见了。虽然,我和他的关系并不亲近,高中毕业后再无联系,但我还是想和他见一面,聊几句。我想知道,他是否还有着优越的判断力。约的地方在长安街附近,某银行总部那里,离人大和W住的酒店都很远。对这个位置,我不太满意。我想着,我们应该迁就W,毕竟他来北京出差,按道理应该是我们去看他。到了约定的地点,我和W先到,等了一会儿,Q来了。他告诉我们,这里离他单位近,比较方便。不得不说,那是一次有点尴尬的见面,我们有一搭无一搭地说话。Q的样子没怎么变,甚至更加精神焕发,他的短发和以前一样有力,皮肤和以前一样黑。他们有时用方言,有时用普通话,两种语言混杂在一起,融合了地方和都市的气息。他们谈的金融和媒体,对我来说已经很陌生了。我和W喝了点酒,Q也陪着举杯,一次一小口。和任何一个男人之间尴尬的酒局一样,我们不得不谈起了天下大事。W也算是见多识广的人,毕竟在新华社那么多年,他了解到的信息非常丰富。有意思的是,每次W说起什么,Q总会接过话题。他说,他去过全世界一百多个国家,见过太多的人和事。至于某省长的儿子、某市长的女儿,那简直不是个事儿。至于他负责的项目,动辄百亿规模,更大的他也参与过不少。我相信他说的都是事实,他的职位和总部的优势让这一切都非常自然。可是,我们几个同学坐在一起，为什么要谈这些无聊的东西？我们对这些真的没什么兴趣啊。他志得意满的样子让我百感交集，我看到了一个快进入中年的男人的成功，他生动地阐释了世俗的成功学。可这，说什么好呢。我压制了想问问他的念头，在他说话时保持微笑，偶尔也搭几句话。多数时间，我在喝酒，一杯又一杯的啤酒，浇灭了我沉默的热情。回学校的地铁上，我问W，你还读诗吗？W说，读的，小说也读，你忘记了我老婆干什么的？也对。W说，写我是写不了，读还是要读的。我们都没有说起Q，像是刚才那两三个小时我们都处于虚空之中。北京的地铁，即使到了夜间，也还是那么拥挤。为什么有这么多晚归的人，是什么让他们如此匆忙？我想起十几年前，我第一次出差到北京。那也是一个寒冷的夜晚，我约了两位在北京的同学。大学毕业，他们怀着满腔热情去了北京，我去了广东。两年多没见，我特别想他们。我约了他们一起喝酒，一起的还有另外一些朋友，都是广义的文艺圈的。我想，他们应该互相认识一下，说不定以后有合作机会也难说。

我是怎么认识小刚、陈江和张欣的？我问过他们，他们也说不上来，猜想是在某个活动上的偶遇。我们都在武汉读书，分布在各个大学之中，当时文学的风气依然算得上浓厚，各个社团之间有着千丝万缕的联系。有天下午，寒风凛冽，武汉的热和冷都是有名的。他们三人到我学校来找我，拿着打印好的小说。那是我们四个人第一次聚在一起。小刚和陈江、张欣是老朋友了,我算是这个圈子的新人。当时,陈江和张欣正在热恋之中。陈江帅气,张欣漂亮,又都是有才华的年轻人,他们站在一起,手拉着手的样子让人没有办法不相信爱情。没有任何陌生感,一见面,我们决定找个地方喝酒。出了学校西门,满巷子都是各种廉价的小餐馆和KTV,它们承包了我们学校大部分学生基本的娱乐生活。找到餐馆坐下,我们开始谈论在读的书、对文学的看法。一杯一杯的啤酒,不但没有让我们觉得寒冷,反倒激发出了我们的热情。那是我度过的迄今为止最美好的下午之一。有朋友,有文学,有年轻的理想和热情,一切都那么美好。我们喝,我们笑,仿佛我们是被世界宠爱的孩子。我们都喝醉了,他们各自打车回学校。我摇摇晃晃地回到宿舍,学校里的法桐都掉光了叶子,路灯照得路面清洁又迷人,酒气没有彻底侵占我的头脑,我全身洋溢着幸福感,像是一个接头成功的地下党人。第二天醒来,我读了他们的小说。他们写得那么好,让我嫉妒,也让我更爱他们。我们的交往密切起来。过了不久,我想在学校搞一次诗歌朗诵会。圣诞节快到了,为什么我们不朗诵诗歌呢?我们不想在教室里规规矩矩地朗诵,那太不诗人,也不浪漫。经过热烈的讨论之后,我们决定在青年园的建校纪念碑那里朗诵,至于有没有人来听,我们一点也不在乎。尽管如此,我还是发动了文学社的同学们,希望他们来听。朗诵会那天，我们准备了啤酒，还用红绸把建校纪念碑围了起来。那是一次胆大妄为的朗诵会，与其说是朗诵会，不如说是一次行为艺术表演更恰当。我们试图从宿舍里牵出一条电线来，这样我们可以让电脑来点音乐伴奏。我们搜集了很多插线板，还是不能把电引到纪念碑。那就算了吧。红绸裹住了纪念碑，边上摆了两三张桌子，上面摆满了啤酒。在寒风中，我们仓促地开始朗诵，下面有十几个听众。很快，我们的朗诵引起了关注，路过的同学有些坐了下来，拿起了啤酒。朗诵会杂乱无章，没有节目单，也没有排序。谁愿意朗诵，站到前面就行。在我们的示范下，有些同学拿着啤酒走到前面，朗诵起诗歌。这是我们期待看到的场景。一个冬夜，依旧热闹的校园，有人从旁边走过，有人驻足观望，有人坐下来拿起啤酒，有人站起来朗诵。多么好啊。我清晰地记得，有位同学朗诵了鲍勃·迪伦的《答案在风中飘荡》，他的声音十分激越："一个男人要走过多少条路/才能被称为男人/一只白鸽要越过多少海水/才能在沙滩上长眠/炮弹要在天上飞多少次/才能永远被禁止/我的朋友，答案在风中飘荡/答案在风中飘荡。"他的朗诵带动了听众的情绪，等他朗诵完，我们一起喝了一罐。冰冷的啤酒温暖了那个本该平庸的冬夜。朗诵结束，愿意出去再喝一杯的同学组成了浩荡的队伍，嬉闹着去了西门。我们的天堂和地狱，都在那里。等坐下来，我们想起刚才的场景，依然热血沸腾。

寒风裹挟的夜,我们像是征战归来的将军,必须有一场盛大的酒局给它画上完满的句号。

这些美好的场景一再出现,直到我们大学毕业。小刚出于对电影的热爱,他去了北京,继续做着和电影有关的工作。张欣也去了北京,而陈江却回了潮州。大学毕业那两年,我们都忙着融入新的环境、新的工作,彼此的联系并不多。出差到北京,我必须见见他们,对他们的想念由于到了北京变得不可遏制。打电话给小刚和张欣,他们有些犹豫。我一再邀请他们过来,来吧来吧,这么久没见了。他们终于答应过来。大约一个小时,我的电话响了,小刚说,马拉,我们到了,你出来一下。等我走到的士旁边,小刚和张欣站在那里。小刚说,马拉,我们没有钱,你把的士费给一下。我没有多想,这点钱算什么呢。往里面走时,小刚说,本来应该我请你的,真是不好意思。那会儿,我已经喝了不少,见到他们的喜悦让我没有心思想任何其他的东西。到里面坐下来,简单介绍之后,我和小刚、张欣围成小圈子说话。深夜,该散了,小刚又一次面露难色,我帮他叫了车,给了车费。那时,我依然没有多想。第二天醒来,我突然意识到他们的困境。他们连的士费都给不起,那是窘迫到了什么程度。我给小刚打了个电话,委婉地问他要不要钱。小刚说,没事,还能挺住。我没再说什么。巨大的羞愧向我侵袭过来,我过得太安逸,胸无大志。小刚作为武汉大学的优秀毕业生,他本该拥有让人羡慕的选择,他却选了最艰难的那一条。在那条路上,他孤身一人,至于未来,也没有清晰的图景。时间一年一年过去,小刚慢慢有了起色,他结婚了,他在北京买了房。后来他离婚了,卖了北京的房子回了武汉。他依然是一个不知名的导演,没变的是对电影的热爱。他始终在做着和影视相关的工作。他来顺德拍片那次,我和陈江去探班。再一次,我们聊起了文学。陈江不写了,他说,他看到了他才华的局限性,他成不了伟大的作家。那么,还有继续坚持的必要吗?我还在写,这真让人羞愧。我们谈起张欣,她回了青岛。陈江和张欣早已分手,张欣结婚时,陈江千里迢迢参加了张欣的婚礼。

多年后,张欣去潮州旅行,陈江约我到潮州聚聚。这时,我们都是快四十的老青年了。我和张欣自北京见面后,再也没见。张欣说,马拉,来吧,这么多年没见,聚聚。我生活的中山离潮州非常远,要一次次地转车。如果换成别的事情,我想我肯定不会出门。接到张欣和陈江的电话,我几乎没有犹豫就答应了。还有什么比见到年轻时的朋友更开心更重要的?陈江帮我订好了房间,就在潮州著名的牌坊街边上。那是一个漂亮的民居,有着潮汕特有的建筑风格,中间的小院里种了花木,摆了茶台。茶叶自然是潮州著名的单丛。进了院子,张欣和陈江都在那里,我拥抱了张欣,她还是那么瘦。陈江比以前更胖了,他头发花白。不由人不感叹岁月,张欣的美还在,她的皮肤还是有着牛奶一样的色泽,眼睛不再是少女的明亮。我则从长发披肩的清瘦青年变成了光头壮硕的中年汉子，这些年我到底经历了什么？我说不上，不过是浑浑噩噩地过日子罢了。张欣身边有一位漂亮的青年，他真帅气，对张欣温柔体贴，不多说话。我们在院子里喝茶，既没有谈及彼此的家庭，也没有怀念过往。即使多年没见，我们还是像以前一样熟稔。陈江给我们讲潮州人对茶的热爱，告诉我们资深的老茶客不仅能喝出茶的年份，甚至能说出出自哪个茶园，以及当年的光照和雨水。至于潮州的牛肉火锅，自然更是讲究，每一块肉都有特定的名字和特点。我们神奇的张欣，正做着一份让人意外又在情理之中的工作，她自制各种化妆品，我妻子是她忠实的用户。据我妻子讲，张欣的产品质量堪比国际一线著名品牌，价格自然也不便宜。我和张欣开玩笑，问我妻子在她那里花了多少钱。她笑着说，这个我不能告诉你，要替客户保密。冬日的阳光照着我们，懒散又闲适。我们都进入了舒适期，经济上尚能自足，也说得上自由。张欣身边的年轻人看着我们，沉稳安静。我们都没有问张欣和他的关系，并非我们没有八卦之心，只是到了体贴的年龄，如果她不说，我们也没有问的必要。晚上，陈江请我们吃牛肉火锅。我拿起菜单准备点菜，陈江制止了我。点完菜过来，陈江说，每天的牛肉都不一样的，只有老板知道当天最好的是哪个部位。他和老板熟悉。和我们一起吃饭的还有他的妻子和两个儿子。他的妻子以前见过张欣，对他们的关系也了如指掌。吃完饭，陈江妻子带着儿子回去了。我们换了个地方继续喝酒。

那天晚上我们到底喝了多少，都记不清楚。喝完酒，我们还拎着酒瓶子去了韩江边上，韩江是潮州的母亲河。站在河边，我们终于想起了我们年轻时的故事。河水一如既往，常绿的树木告诉我们这是南方，有着和北方不一样的风景。河水永世流逝，它不会衰老，也永远不会成年。对于过去，我们早已确认。至于将来，它可能有着自然的轨迹，也有可能突然转向，这个谁知道呢。张欣搂着我和陈江的肩膀，好像我们是她忠贞不渝的爱人。我们都爱过她。我喜欢张欣的嘴唇，我从未亲吻过她。陈江爱过她的灵魂和身体，他们像是大地上分居南北的亲人。酒后，夜晚，我们的情绪和爱情复活，再一次确认，人世间确有值得珍视的事物。回到房间，我在大醉中给张欣打了电话，告诉她，我们都爱过她。她担心我有事，过来问我怎样。我说没事。她走后，我从床上爬起来，像是要把自己的五脏六腑都吐出来。第二天中午，陈江和妻子来陪我喝茶，我们坐在院子里，兴奋后我们的精神都有些萎靡不振。阳光还是那么好，陈江的孩子还是那么可爱，他的妻子依然那么温柔得体。院子里散发着迷人的生活气息，我将在这里再过一晚，然后回到我习惯的日常中去。

句型切片

前几天，我碰到一个让我意外的人。朋友约我吃饭，说有个湖北的老乡在这里，也是朋友介绍的，不妨认识一下。男人之间认识的方式非常简单，约酒。他也是这么干的。下班，他带上我，准备一起赴宴。毕竟是冬天了，天黑得早，也略带着冷。我们在朋友小区停下车，我正想问他去哪里，只见他拿出电话，一会儿电话通了，说了几句话。小区树荫的黑影中闪出一个人，手里提着一个纸袋，显然已在此等候多时。只见来人西装革履，戴着一条红色的领带，头发梳得油光水滑。他的样子把我吓了一跳，在广东多年，我几乎从未在朋友的饭局见过这种打扮。就算在正式的社交饭局，西装革履加领带也是少见的。广东人，日常生活中的随意是出了名的。他提着袋子，对朋友说，我带了酒。进了餐厅，他郑重其事地把酒拿出来放在桌上，湖北产的白云边，一瓶。经过短暂的两分钟的寒暄之后，他开始了隆重的自我介绍。他姓边，我们就叫他边先生吧。边先生的介绍直接而又热情，从他的亲戚朋友介绍到女儿及其男朋友。如果说，他开始的介绍只是让我不喜欢，那么很快，就达到了厌恶的程度。他说，他两个女儿极其聪明漂亮，都毕业于名校。其中一个女儿在日本东京大学。他告诫女儿，不要被那些花花公子骗了，不要和他们交往。他的这些告诫符合父亲的身份，这种担忧也是可以理解的，对不对？但是，很快，高潮来了。他告诉女儿，为了表明真心，你让你男朋友在东京给你买套房子，写你的名字。你猜怎样？他面带得色地说，他真的给我女儿在东京买了套房子，写了我女儿的名字。至于另一个女儿，她在美国哈佛大学还是麻省理工，她男朋友是斯坦福大学的博士，国际高端人才。好吧，这依然在我的接受范围之内，一个为女儿骄傲的父亲无论如何是可以原谅的。哪怕，在酒桌饭局上，并不适合炫耀这般的虚荣。接着，他谈到了自己。他说，他出身于贵胄之家。用他自己的话说："当年，我要南下发展，我家里人都反对。我本身是不需要努力的，我属于那种衔着金钥匙出身的公子爷，我们的家族企业规模做得非常大。为了追求理想，我毅然决定南下。刚开始非常艰难，我无处可去，也没有地方住。我躺在公园的草坪上想，以后，我一定要做跨国公司的 CEO。"多么励志的故事啊，我听着一阵阵地抽搐，只能低头玩手机。手机上也没有吸引我的消息，他单调的话语一阵阵传入我的耳朵。还好有朋友在，他只得哼哼哈哈地应付着"太厉害了""膜拜"。还有两个朋友还没有来,我多么希望他们快点来,早早结束这尴尬的局面。

这时,朋友突然站了起来说,我回去拿瓶酒。边先生说,哪里要你拿酒,我这不是带了酒吗?朋友说,五个男人,一瓶酒哪里够,我再去拿两瓶。朋友一走,我坚定地低着头看手机,打算一言不发。沉默了一分钟吧,桌上的气氛尴尬得像一块坚硬的大理石。边先生开口说话了,马老师是哪里人?湖北。湖北哪里?鄂州。您在哪里高就?我没工作。那您太太呢?医院做财务。那生活有保障吧?还好,饿不死。场面再度陷入尴尬。边先生说,我加下你微信吧。于是,加微信。加了微信,不到一分钟,我收到了边先生的四条信息。朋友拿着酒回来了,我和边先生都松了口气。边先生看着朋友拿过来的酒说,我不抽烟,不喝酒,不喝茶,也不喝咖啡,要保持清醒的头脑。朋友说,那很好,那很好。边先生继续介绍他的家族企业。他说,你知道吗?中国最大最牛的军工企业是我们家的家族企业,我姑姑做董事长,我侄女做总经理,都是我家族的人,谁想做什么,进去就行了。本来,家族想让我做总经理,我拒绝了。我不想依附家族,我在南方闯荡二十多年,从一无所有到现在成为著名跨国公司的 CEO,实现了我的梦想。前面的我都忍住了,边先生说到这儿,我嘴里的一口茶差点把我给呛死。点了根烟,我决定放下手机,认真听边先生说话。他继续说着他灿烂的家族史、个人的奋斗史。他面色柔和，眼神真诚，他说的每一个字清晰准确，带有不可辩驳的真实感。说话的间歇，他拿起杯子喝水，白开水。动作轻柔，像一个受过严格训练的绅士。和他比起来，我和朋友身上散发的都是粗野的市民气。他的骄傲中带着谦虚，他的荒谬中隐藏着信念。他应该相信他说的每一句话，并且确信无疑。这是一种什么样的力量在控制着他？即使像我这样无知，这样缺乏社会阅历的人，也能看到他故事中千疮百孔的漏洞。

要等的朋友终于来了，我们开始喝酒。酒菜上了，焖的大骟鸡，肉质紧致，小芹菜和竹芋都很入味。寒冬腊月了，几个朋友围着一盆热气腾腾的骟鸡，端起酒杯，这是多么愉快的事情。只有边先生含蓄地夹菜，偶尔喝一口水。他已经介绍完他的家族，他自己，似乎话都说完了。他说起他在行业内的位置，另一个朋友打断他，本想说点什么，见周围的眼色，硬生生把话咽了回去说，对，你说得对。这个朋友在边先生说到的行业浸淫多年，边边角角的八卦几乎没有他不知道的，更不要讲台面上的大人物。四个男人觥筹交错的酒局上，边先生似乎受到了冷落，他不甘心。在谈到某个构思时，边先生抓住了机会，他指着我一个朋友说，你没有理想，也不相信理想，你永远会是一个失败者。你看我，因为我有理想，经过多年奋斗，我成了著名跨国公司的 CEO。他再一次提到，他跨国公司 CEO 的身份。这会儿，我有点伤感。他多年生活在一个偏僻的小镇上，以他"贵胄世家"的身份，确实是委屈他了。酒喝完一瓶，边先生起身说，我有事先走了，明天一早还要开一个重要会议，你们慢慢聊。说罢，起身，出门。寒风中，边先生头都没有回一下。他大概认为酒桌上的这四个，都是顽固不化的蠢货，实在没有交流的必要。一夜无话，再说次日。次日中午，我又收到了边先生的几条信息，还是他的宣传资料。从头到尾，他没有说一句话，连打招呼"请多赐教"之类的客气话都没有，除了几条冷冰冰的宣传资料。毫不意外，在那些资料里，我们的边先生是行业内国际领航专家，具有无比优异的专业品质，用国外专家的评价说就是"他拯救了整个行业"。浏览完那几条宣传资料之后，我默默地删除了边先生。问过一起吃饭的朋友，据说都收到了边先生的信息。

边先生让我想起了很多年前的一次聚会。那时，我还不到三十岁，还没有结婚生子，过着自由自在的悠闲生活，也不太懂得人世间的疾苦。那是一次滑稽剧般的聚会。几个各怀心思的人，奇妙地搭配在了一起，像是物理学中一个不可思议的场量。我想，这场聚会可能是来自遥远的纠缠，它将可能与不可能扭合起来，充满乌托邦色彩。聚会的原因想不起来了，也完全忘记了现场到底是哪几个人，只有其中两个人的言语和动作至今依然历历在目。他们给了我太深刻的印象，我总有种这是某场滑稽剧中的一段的错觉。他们将舞台搬到了现实之中,成为历史上最伟大的演员。按照可能的猜测,应该是我某位朋友喜欢一位女士,他约了该女士吃饭,该女士又带了一位朋友过来。鉴于我早已忘记了他们的姓名,就称他们为阮女士和章先生吧。那天,我们到得一如以前的早。每次吃饭,我们通常会比别人到得早,餐前的闲聊决定了饭局的愉悦程度。朋友不年轻了,这是肯定的,因为他约的女士也相当不年轻。我们聊了一会儿,菜上了,酒也开了。我们决定不等,人到一半,可以开饭。何况,未到的只是一位(那时,我们并不知道章先生也会过来)。让全桌人等一个人,从道理上也是讲不过去的。更何况,约定的时间早就过了。朋友对阮女士并非特别上心,只是碰到了,有了意思,顺手约个饭局,想加深一下印象。吃喝了一会儿,章先生和阮女士来了。章先生走在前面,似是小心地呵护着阮女士。章先生个子很高,怕是有一米八五,瘦,身材匀称,梳着三七分,没有一根头发排错队形。章先生是典型的广东人,他的语调再次强调了这一点。一坐下来,章先生礼貌地表示已经吃过了,阮女士则表示并不饿。他们两个坐在一起,开始小声地说话,头凑得很近,像是怕我们听到。朋友礼貌地和章先生碰了下杯,章先生扭过头抿了一口,面带微笑。和阮女士私聊了一会儿,章先生像是忙完了工作,开始融入我们的话题之中。他做了一个简单的介绍,阮小姐很早就获得过香港某选美活动亚军,演员,现在主要在内地发展。至于他，为阮小姐做点工作，相当于经纪人吧。章先生介绍完，我们都忍不住看了看阮女士。香港某选美活动我们都知道，不少大明星都是从那里出来的。阮女士坐得端正，她五十上下，有着她那个年龄难得一见的肤色（至于是否是妆容的效果，我不知道，毕竟到今天我也分不清女性妆容和真实肤色之间的区别）。她的身材也非常好，略有肉感，腰肢纤柔，乳房高高隆起。可以想见，她年轻时一定是个美人。坐了一会儿，随着话题的展开，阮女士原本紧张的表情柔和下来，她和我们轻声细语地说话，眼神闪烁，像一只徘徊不定的惊鹿。她的话不多，算是非常少。从她有限的话语中，不难看出她其实是一个不善言辞的人。她和旁人的对话几乎说得上笨拙，给人一种智力欠缺的观感。这样一个女人，想混娱乐圈太难了，她的表现让我怀疑章先生介绍的真实性。

喝了几杯酒，章先生有了微醺的意思，他告诉我们，他们之所以来得有点晚，并不是托大或者故意。好几天前，他和某公司老板约好了谈一个合作项目，阮女士将在他们公司的年会上表演。今天下午，他带阮女士过去见个面，一起吃个饭，聊一聊具体的细节。他说，谈得非常好。我们都举杯祝贺阮女士和章先生。章先生看着阮女士，略有得色，又像是意味深长，他举着杯子说，只要努力，局面总会打开的。何况，他还有不错的人脉资源。见我们对阮女士感兴趣，他认真地说，你们不要以为我开玩笑，我可不是骗子哦，我有证据的,阮小姐很早就拿过亚军的。说罢,他拿起公文包,翻出一个文件夹,递给我们说,这里都是关于阮小姐的资料,不信你们自己看。朋友翻了一下,递给旁边的人,文件夹传到我这里,出于好奇,我从头到尾仔细看了一遍。资料做得详细,图文并茂,有阮女士年轻时参加选美的大照片、她参演剧目的剧照和报道,都是她年轻的时候。除了选美亚军那次,她都是不起眼的小配角,报道中一言带过的那种。几乎没有一张合影、一个剧照,她站的位置,都是边边角角,模模糊糊一个影子。把文件夹还给章先生,我们继续喝酒。我们对阮女士的兴趣已经降了下来,一个过气的无名艺人,难以吸引持久的关注。出于礼貌,我们还在赞美她的美丽和当年的荣耀,大家都在虚伪的应酬。阮女士还是不怎么说话,时不时看看章先生,想要获取依靠的样子。章先生和我们说起他的计划,他说,阮小姐的名声还不够,要多出去活动,先要有名,有名了什么都有了。他含情脉脉地对阮女士说,我们一定要先有名,和媒体搞好关系。而且,我有足够的人脉资源帮你活动,只要你相信我,我们肯定会成功的。阮女士望着章先生,连连点头。和阮女士说了一会儿,章先生像是怕冷落了我们,又对我们说,我是本地人,在香港也有些资源,两边我都能跑得通的。我们像阮女士一样连连点头。突然,章先生从口袋里掏出一本影集说,你看,这是我和他们的合影,都是很厉害的人物,在政商界艺术界很有名的,我给你们介绍一下。章先生介绍的那些人我们都很陌生,他说的大人物我们都没有听过。介绍到中途,章先生故作神秘地说,接下来就是超级厉害的人物了,你们肯定在电视上看过的。见我们一脸愕然的样子,章先生得意地说,没关系,都是朋友,看看没关系的,不要和别人讲就好。他们都很注意的,平时不轻易和人接触,也很忌讳别人拿合影做文章,我很少拿给人看,怕人说闲话。说完,他翻开下一页。他说得没错,这个人我们确实认识,本地的一位主要领导,人很亲民,热爱文学,大家平时私交还不错的。我们几人互相交流了下眼神,都是惊讶的。见我们没说话,章先生接着说,上次他接见我时,对我说了不少鼓励的话,以后有机会我再向他汇报。照片的背景有些嘈杂,应该是某次群众活动上。这样的活动,总是很多的。这并不让我们震惊,真正让我们震惊的是他接下来翻出的照片。和他合影的那些人,几乎都是我们的朋友。章先生还在介绍,我们实在不知道说什么好。小地方所谓的文化艺术圈非常小,来来回回就那么几个人,很容易遇到。喝过几次酒,都知根知底,点头一笑风平浪静。就算有点艺术追求,也是偷偷放心里的,都不好意思说出来,也实在没有骄傲的资本。然而,就是这么一帮人,居然会被章先生当作超级厉害的艺术家。这太荒谬了。从章先生的合影里能看得出来,他们多半在酒局上碰到,"艺术家"喝得七荤八素。如果章先生不给我们看这些照片,我们可能还不会为阮女士担心。看过那些照片，我猜测，阮女士不可能有未来。她不年轻了，她现在所做的一切，不过是徒劳的挣扎。或许，她也从未相信还有未来，只不过是想试试罢了。更大的可能是她遇到了问题，想利用年轻时残余的名声碰碰运气。美人迟暮总是让人伤感，阮女士有过美好的青春吧。我后来查过阮女士的资料，非常有限。年轻时的她，确实漂亮。她拍的那些电影电视，我都没有看过。我想找来看看，只能找到零碎的报道。

这个故事，我和不少朋友讲过。有一天，我和一位女性朋友讲起这个故事。她默默听完，说了句，你有没有想过，章先生可能是阮女士的爱人？阮女士只是在陪着他，满足他的幻想。这样爱一个人，难道不好吗？这是一个美好的假设。她不在现场，现实会让这种美好的想象破碎。即使我们假设，这个假设成立，它依然充满悲剧色彩。甚至，因为它过于符合我们对悲剧的想象，让我们产生浪漫主义的幻想。金庸的小说，真正让我伤感的是《天龙八部》的结尾，慕容复坐在土坟上对一群乡下小儿说"众爱卿平身，朕既兴复大燕，身登大宝，人人皆有封赏"，身旁的阿碧给孩子们派糖果糕点。幻象是否美好，这很难说，因人而异吧。梦中人一旦清醒，想必不会太过愉快。类似的蠢事，谁没有做过呢。我想说说我所经历的幻象，它有力地改变了我对现实的认知。

还是要说到走马村。我小时候，从未意识到它的贫穷，我对它的爱和湖水山林密切相关。对一个孩子来说，这是全部世界的财富，几乎像一个梦想，无关现实。多么奇怪，现实的山水和大地却是孩子们造梦的最初材料。在这个造梦工厂，没有贫富差距，没有飞机和麦当劳，更没有股票代码和互联网。外星人和远古的怪兽也许会来做客，它们代表着大自然的一部分，不依靠人力和杰出的技艺。很多年后，我偶尔和朋友们聊起我小时候的生活，告诉他们，即使我们那儿借火柴十根十根地数，借盐用酒杯，上小学时孩子们从家里搬小板凳当桌子，我依然觉得那是美好的世外桃源，有着人类生存必备的最好的精神基础。更要命的是，彼时我相信全世界皆是如此，财富和阶级不过是荒唐的幻想。朋友们都当我是说笑，你怎么可能经历过那样的生活？等你稍微大点，生活都好了。他们的说法并非全无道理，当时的湖北本就不算太穷，走马村离武汉、黄石都近，又不是穷山恶水，再穷也是有限的。这种推测符合逻辑，我也曾这么认为。正是出于逻辑的傲慢，我猜想，无数人过着和我们一样的生活，我们过得其实应该还不错。

前几年，我随朋友回恩施，那是他老家。他家在崇山峻岭之中，满山的杂木和山石，细窄的小路勾连起彼此看不见的村落。清江像是一条滚烫的大动脉，奔腾流淌，为他们输送来之不易的养分。村落在一面稍显平缓的山坡上，寥寥几户人家。抬眼四望，不过鸟笼大的天地。据朋友讲，以前他们出门一次特别不易，山路绕折，地势凶险，日子过得那叫一个苦啊。时间已经转移到了二十一世纪，他们所谓的通畅，在我看来依然有限。大约是有外人来了的缘故吧，酒肉之后，难免抒情聊起旧事。此时，我依然保有傲慢，我对他们当年的贫穷充满同情。要让我在这样悬崖峭立的地方活下去，我想我没有那种本事。随着话题的展开，我觉得不对劲了。为什么他们说的苦在我看来不值一提？他们比我至少大十岁，应该经历过更艰难的生活才对。可他们说的苦难，不过是我童年时期屡见不鲜的平常事罢了。出于好奇，我问了一些具体的细节，比如一年吃多少肉，会不会挨饿，有没有零食，衣服够穿吗。我相信，生活的秘密就在这些细节之中，抽象的苦难没有意义。对比鲜明而残忍。他们告诉我，即使在最困难的时期，每到过年，这里家家户户肯定要杀猪的，条件好点的，杀两头，至少要杀一头。这猪还不能太小，太小了会被人笑话，怎么也得两百斤吧。杀猪正常，我们那儿也有杀猪的，不过不是家家户户罢了。杀了猪，卖了猪肉，主家把猪下水拿回去，再留下十几斤肉过年，那算是相当奢侈的了。然而，就在这里，在我所认为的最贫困的鄂西北山村，当他们说杀了猪，肉全部留给自己吃时，我的脑袋像是被人狠狠砸了一拳，闪过的第一个念头是"怎么可以如此奢侈"。要知道，在我们谈论的那个年代，我们一家人一年吃不了二十斤肉。我为他们的回答感到愤怒。显然，我们彼此都感到意外。他们不相信我们那里一家人一年吃不了二十斤肉,毕竟,他们才是著名的贫困山区。我的愤怒在于,二十斤已经是我出于虚荣的虚报,很多人家可能连十斤都不到,全年没见过荤腥的也不在少数。说个故事吧。附近一个村,有户人家,穷。过年了,男人为了让桌子上有点荤腥,拿着鱼叉去了湖里。湖是公家的,平时队长绝不可能允许村民去湖里叉鱼。他拿着鱼叉去了湖里,大家都当没有看见。他的运气不错,又到了一条乌鳢。大年夜,他烧了乌鳢。乌鳢长得肥大,肉质也很不错,以前在我们那里只能算是杂鱼,上不得正桌的。男人想必心里难受,见女人筷子多伸了几次,骂道,你这么好吃,那你都吃了。女人也是老实,也许是太久没沾荤腥,又夹了几筷子。男人突然把桌子掀了,一家人抱头痛哭。第二天一早,女人去了湖里,湖边整齐地摆着她破旧的棉袄棉裤。

　　像是为了平复我的情绪,朋友说,这肉也吃不了多久,有些人家吃得快,端午节没到就没肉吃了,要一直等到过年,才能再吃上肉。不说还好,一说我眼泪都要下来了。我什么时候见过家里放着一两百斤肉啊?酒肉又过一巡,朋友试探着问我,你们家乡难道不养猪吗?养了猪过年杀了就行了嘛。这话在我看来和"何不食肉糜"一样可笑。买猪崽要钱,饲养也是有成本的,很多人家养不起。如果不是为了换回活命的衣食油盐,谁愿意把辛苦养大的猪给别人吃呢?我去朋友家时正值秋季,树木略显凋敝,柿子树上挂着的果子更加清晰地诱人起来。我们打了柿子,柿子又大又圆,皮透着亮黄的光,果肉甘甜,没有一丝涩味。那些天,我见到了各种各样的柿子,还有很多以前我没有见过的果树。至于核桃之类的,也不在少数。朋友说,虽然他们小时候没有吃过香蕉、榴梿之类的稀奇玩意儿,四季水果却是不缺的,漫山遍野都是。至于柴火,只要动手,总不会缺。我的童年,不知水果为何物,母亲常年为柴火而焦灼,她总是担心没办法煮熟下一顿饭。这种奇妙的反差,让我从此解除了抽象的判断,更愿意建立现实的物质模型。在这里我不想讨论为何如此,那是社会学的问题,我也有过思考。我想说的是虚妄和想象,以及它们和我们肉身的关系。我甚至觉得,这不是观念问题,它就像一个切片,一定有着深刻的病理学原因。

像琴弦独自演奏

　　有一年,在甘南桑科草原。我们的车在路边停下,雨已经下过,云层淡散,光线还在潜伏之中,遥远的雪峰露出赤裸的真颜。我和妻子站在路边,望着遥远的雪峰,正是八九月, 这里的冷和变化莫测的天气出乎我们的意料。身在高原, 雪峰并没有想象中的奇崛和高傲,它们更像家族的长子,代表高原出现在我们面前,像是礼节和友好的使者。那么多的雪峰,安静地挺立,细小的雪粒舞动起来,寒冷终于让我们返回车中。看过雪峰之后,车进入平缓的桑科草原。草原有着优美的起伏线条,沿途的帐篷和漫坡的牛羊提醒着我们这里是牧区。朋友告诉我,再过一会儿我们将到达湖边,那是高原的圣湖,水草丰美。今天的雨雪,可能会制造别样的奇观,至于是什么,只有抵达后才能回答。在高原,每一片云、每一棵树都具有偶然的属性,它们从没有停滞与刻板的时刻。这一切都没有关系,对我和妻子来说,高原的每一帧画面都是天真的,我们此前并没有类似的经验。即使我们看过再多的风景画、电影,它们给我们提供的不过是平面的视觉,没有呼吸,没有气味。高原流动的寒冷空气,充分调动了我们的感官,我们进入了陌生的时空。真是奇怪,在临夏时,天热得不得了,我们都穿着短袖,这会儿却要穿上羽绒服。不过一天的时间,天地都变了。

车停了下来,我们沿着湖边的小路走向深处。小雨夹着雪,妻子冷得瑟瑟发抖,她把羽绒服的帽子紧紧裹在头上。我搂着她,有种亲吻她的欲望。她从来没有在冬天爱过我,也没有在雪地里和我亲吻过。她没有冬天。就在一两个小时前,她才看到人生中第一朵天然的雪花。那么小,也足以引起她的尖叫。至于雪峰,终于也从她的梦境中走向现实。这会儿,她的身心正被这些美妙的事物充盈。她的眼睛和眉毛,都洋溢着爱情。我真应该亲亲她,可太冷了,她裹得严严实实。我对这个湖并没有太大的好奇,来自水乡,经历过冰雪覆盖的冬天,高原上的湖泊也不能完胜它低处的兄弟。我更在意的可能是行走,它体现了一种状态,某个值得纪念的时刻。等我走完这里,风景并不重要,它作为记忆被铭刻,成为我和妻子长久的谈资,我们以此确认我们爱过的证据。我搂着妻子,她的鼻子红红的,手插在我的口袋里。我看到前方有个黑影,立在灰色的雨雪之中。等到走近,不用朋友介绍,我能认出它来,那是一只秃鹫,一只独自站在雨雪中的秃鹫。

　　我多次写到这只秃鹫。如果足够诚实，我得说，这是我近距离看到的唯一一只秃鹫，也是我见过的最大的鸟。我没有想到的是，长达十天的甘南之行，留在我印象中最深刻的居然是这只一言不发的秃鹫。冶力关的原始森林也很美好啊，满地的蘑菇。我和妻子走过漫长的木质栈道，一路上没有遇见几个人，整个森林都属于我们。有些地方栈道坍塌了，我们得从旁边绕过去。早晨的原始森林带着雾气，除开鸟鸣和草丛中小兽的喘息，寂静得像入定的观音。拉卜楞寺和郎木寺何尝没有独特的气息。我还记得我坐在郎木寺旁的山顶上，看着转动经筒的藏族人从身边走过，他们的表情那么安详，像是掌握了世间所有的真理，不再遇见凶险和试探。然而这些，加在一起，也不够这只秃鹫给我的震撼。小雨夹杂着雪花，湖面迷蒙，连远处的雪山都隐藏在浅铅的云雾之中。这只近处的秃鹫变得异常清晰。它的巨大让人紧张。它站在道路沟渠的另一边，我和妻子隔着沟渠望着它。那么大的鸟，像一个落难的巨人，低垂着头，雨水顺着它头上稀疏的羽毛滴落下来，它的脖子光秃秃的，可能太老了。至于它的身体，和鸵鸟有些相似。这些并不需要描述，我们在太多的地方看过类似的照片。有一会儿，它抬起头，我看见它的眼睛。我甚至觉得，我看到了它眼睛里的我。那是我见过的最孤独、最冷漠、最无所谓的眼神。无论是面对群山、我们,还是湖泊,它似乎都无话可说,甚至懒得挪动一下身体。妻子把我抱得更紧了一些,她可能是有点紧张。这是一只食腐的大鸟,它能将人的灵魂带到天堂的高处。然而,这又是一只多么脏脏的大鸟,它的样子、它的表情,带有无与伦比的抗拒性。雨雪之中,我们的对视短暂而慌张。我甚至忘记了拍一张照片,也不需要,我记下了它,而且随时修改可能的画面。每次修改都是一次创造,没有局限性。它突破真实,成为我情感中最为神秘的症结。在一个小说中,我写到一个人,他得放弃自我,成为一个世故的人,投身利益的追逐之中。为此,我给他安排了一次旅行。旅途中,他遇见了这只大鸟。他是第二个看见这只大鸟的人。面对这只大鸟,他说了一句话"我终于看清了我自己,不过是一只食腐的大鸟罢了"他以为他就是一只秃鹫。这让他所有的行为具有了合理性。这是我第一位去看这只大鸟的客人。以后,还会有更多的人去拜访它,它将成为象征,概括更多的现实。那是一只不说话的鸟,妻子也在梦中遇见过它。我永远不会成为它,我厌恶孤独,充满热情,惶恐而无用,拒绝食腐的习惯。

让我再想想呼伦贝尔大草原和小兴安岭的白桦林吧。为什么又是秋天?秋天的草原,草色由绿转黄。傍晚时分,我们一帮人在牧民家里喝奶茶。这并不是纯正的牧民,他们更像扮演牧民的演员,而我们正在扮演游客。离草原的深处还远,城市退到草色之后,蒙古包点缀在草原上。太阳快落下了,牛群从草原上返回,母牛都吃饱了,它们安静地站立,时不时发出呼唤小牛的"哞哞"声,听到召唤的小牛欢快地奔向母亲身边。一只一只小牛"噔噔噔"地跑动起来,怎么说呢,像一只只小狗,撒娇,天真。游客欢呼起来,这自然中的天性呈现出的画面,在他们的记忆中如此难得。我想起我的乡村生活,母牛在田埂上,呼唤着小牛。小牛暂时拥有难得的自由,它的鼻子尚未受到侮辱。天地间的草,任由它去热爱。牛应该活在草原上,就像鱼应该活在流动的水中。跑动着奔向母亲的小牛让游客想起了爱,或者更深刻的词语。天光暗了,暮色中的母牛和小牛很快安静下来。草原上几乎没有声音,欢腾转瞬即逝。小牛寻找母亲的场景,让我想起了儿子,他跑向我的样子和这些小牛一模一样,带着毫无杂念的信任。这么好的东西,我几乎快丢光了。以后,他也会丢光,而我并不悲伤。我知道,这是人类的绝技,也是繁衍的秘诀。我喜欢白桦林里的光线、地面枯黄的落叶、树林间无处不在的大眼睛。树林边缘,草场开阔,牧草都已收割,压成方形的草垛。远处,山坡上还有一群群的牛羊,毯子一样缓缓挪动。类似的景色让我想起了甘南,想起妻子。这次,她没有和我同行。我在电话里给她描述了白桦林和草场,还有她最爱的还没有被雪覆盖的山峰。很久之后,我写了一首诗《与妻书》,其中有几行是这样的:"牧草压成草垛,白桦林满是金黄的落叶,/额尔古纳河还没有结冰,/类似的景色让我想起了你和甘南。/朋友们在拍照，河水和牛羊懒散又惬意，/他们都很美。他们不爱我。/我的妻子，我说过太多次'我爱你'/那天我没有说；伟大的爱却将我美妙地充盈。"和妻子十余年的婚姻生活，我终于理解了一些普通的情感。两个人的婚姻，如此平凡，却又如此惊世骇俗。这是凡人所能经历的最伟大的冒险。有时，借助自然的力量，我们才能看清自身。比如，白桦林中的光线，洋溢着难得的爱情，它细致而精确，我相信妻子也深刻地理解了它。这是个人的微小的情感，历史展现的却是另外的面貌。

　　汽车在草原上奔驰，一路无人，几乎不需要避让。大巴上播放着不知道何时拍摄的电视剧《成吉思汗》，以当下的制作水平来看，略显粗糙。由于身在草原，强烈的代入感让这部片子具有了别样的感染力。当我们在一个地方停下，有朋友似是随意地说了句，这就是斡难河。"斡难河"这三个字瞬间重击了我，我没有想到有一天我会和它迎面相遇，连忙问了句，哪里，斡难河吗？朋友指着草原上一条狭窄的河流说，那就是了。历史瞬间变得不真实。可能由于正处于枯水期，河面狭窄清浅，宛如平常的溪流；而草原上的河流本就弯窄，从无奔腾的气势。就像我在刘家峡看到的黄河段，它的清澈和宁静，实在难以和咆哮、浑浊相联系。同一条河流，在不同的段落，呈现出让人意外的形态。河流，从来不愿意被一两个单纯的词概括。关于斡难河的故事，著名的有两个。一个是公元 1206 年,铁木真在斡难河畔召开忽里台大会即大汗位,号成吉思汗,从此开启了蒙古霸业。一个是永乐八年,即公元 1410 年,明成祖朱棣率 50 万大军北伐,在斡难河战役大败本雅失里。面对斡难河,明成祖感叹道,这可是成吉思汗的斡难河啊。且不谈这饱含历史感的一声叹息,我想象了一下草原上的厮杀,顿感寒气扑面而来。草原上的骑兵,在几乎没有遮挡的战场上厮杀,那是一幅怎样的场景,必定比电影里拍过的可怕得多。草原静谧,它用柔和的起伏遮盖历史。

到达室韦小镇时,正是一天中最好的时刻。下午的光线柔和清洁,轻轻地洒在额尔古纳河上。这是一条我早已知道它的名字,却一直无缘得见的河流。它太远了。现在,我站在观景台上看着它,有种不可名状的虚幻感。河流平缓,几乎看不到它的流动,甚至连浪花都不存在,它那么安静地流动,像是一个忘记了年龄的老人。河岸边的草长得茂盛,自由枯荣。一种奇妙的情绪随之生长起来。这条并不宽阔的河流切分了中俄。河对面的俄罗斯小镇,山坡上露出几栋红顶的房子,那些房子和这边的几乎一模一样。我们下到了河滩,那里有一个小小的跑马场。游客们骑着马,在河滩上漫游。出租马匹的俄罗斯族妇女,操着一口纯正的东北口音,带有莫名的喜感。她们头发金黄,倒背着手,眉眼间有着我们熟悉的神态和语气,那样子却分明像外国人。几乎没有疑问,她们要么是中俄混血的后裔,要么祖先来自对面的俄罗斯。历史的烟云都消散了,满洲里的界碑和国门划出分明的界限,铁路从中国通往俄罗斯。满洲里,这个寒冷的城市,它一直是一个奇异的存在。在这里,任何人都不可能无动于衷,不可能不想起旧事。斡难河和额尔古纳河,算不算中国北方历史上最著名的河流?在蒙古高原上,它们承载了太多的过往。它们和高原上的野花唯一的不同之处在于,野花一岁一枯荣,而它们一直坚持流淌,不论宽窄与秋冬。它们硬得像是高原的底层逻辑,或者冻土。

也是奇怪,我总是喜欢在秋天出行,或者总是碰上秋天,而我记得的细节总是无关宏大,可能只是一盆花、一棵树,甚至一个模糊的人影,大的东西似乎都忘记了,连轮廓都变得抽象。有一年,去欧洲游学。从北京飞往巴黎,十几个小时的航班让我疲惫不堪,我读完了《佛罗伦萨的神女》。那是一本至今让我迷恋和尊敬的书,复杂的镜像关系、历史和虚构,交织成斑驳的画面。我们从戴高乐机场转机去柏林,相比十几个小时的航程,巴黎和柏林之间的距离近得几乎可以忽略不计。第二天早晨,我起得很早。柏林的天气有些冷了,我站在旅馆的门口抽烟,嘴里呼出烟雾和冷空气混合的白气。柏林的房屋低矮,树木的叶子略有了点秋天的味道,麻雀和鸽子带着惯常的样子跳跃和飞翔,它们没有文化和地域的区别。那天上午,我们约好去参观德国国会,还有周边的景点。具体看了什么,附近还有些什么,我早已忘了。我还记得公园里的吉卜赛人。出发之前,导游一再提醒我们,要注意公园里的吉卜赛人,更不要在他们拿着的表格上签字。总之,为了避免可能的麻烦,最好不要和他们有任何接触。那么,如何判断吉卜赛人?导游说,如果你在电影里看过他们,你一定能一眼认出他们。他的话是对的。一路上,我们几乎都精准地认出了为数不多的吉卜赛人。从国会大厦出来,公园里的人多了起来。一个吉卜赛人正拿着硕大的绳套制造巨大的肥皂泡,他制造的肥皂泡那么大,像是综艺节目上的肥皂泡艺术家。如果在国内,我想,我会饶有兴趣地跑过去,围观、拍照,给点钱又有什么呢?这么大的肥皂泡还真的很少见呢。然而,快速扫了一眼之后,我选择了离开。甚至,就在我脚步慢下来的那几秒钟,当那个苍老的吉卜赛男人把目光投向我时,我竟然有了惶恐和压力。说是躲闪有点夸张,我的步子确实加快了。我选择到附近的椅子上坐下,十来米的距离给了我安全感。这是种荒谬的安全感,他不过是人类中再普通不过的一个罢了,我为什么要紧张?后来,我意识到这是文化隔膜强加给我的,然而它如此真实有效。我甚至没有想过,它是否具有合理性。这位吉卜赛老人浓密的胡子和深邃得似乎见不到底的眼睛确实让我想起了犹大。当我坐在椅子上观察他时,他一直在制造巨大的肥皂泡,试图和周围的游客打招呼,想让人注意到这是多么大多么美丽的肥皂泡,然后,给他一枚一欧元的硬币。有人停下,有孩子睁大惊奇的眼睛, 没有一个我熟悉的黄皮肤。那一刻,我有种荒谬的错觉,他是这个星球上最孤独的人。

　　类似的幻觉出现在我们返程路上。那是在戴高乐机场,我们在等去往北京的航班。六七个穿着黑色礼服、戴着黑色礼帽的男人整齐有序地走了过来。他们衣着如此统一,保持着良好的队形,仿佛他们来自另外一个世界,和周围格格不入。开始,我以为他们是剧团的演员。很快,我意识到我遇到了一群活生生的传统犹太人。他们两鬓的发绺和大胡子将他们从人群中凸显出来。据说黑色是犹太人最喜爱的颜色,黑衣黑礼帽是最潮的时尚单品,但穿得都一样并不代表没有创意。对犹太人来说,正因为穿得都一样,才能成为真正的个体。由于他们的出场太过戏剧性,我有些惊讶。坦白说,从他们的气息中,我确实感受到了某种不可言喻的排他性。和吉卜赛人不一样,世界对犹太人抱有复杂的情感,他们的天才如此耀眼,人类文明无法忽视他们的存在。尽管一度散落在世界各地,犹太人从来没有放弃他们的信仰,也没有放弃他们的复国之梦。他们希望回到流淌着蜜与奶之地,建立犹太国,实现民族与文化的自由。他们需要一个新的、可以确认的边界。这种坚韧和决绝,使得犹太人难以被同化,他们和世界之间保持着谨慎的距离。这种距离产生了神秘感。后来,我在朋友圈看到了一张照片,那是一位周游世界的朋友拍的,画面正中,是两位穿传统正装的犹太人。和周围的人比起来,他们散发着不一样的气息。我把这张照片设置成我朋友圈相册封面。每次,只要我打开朋友圈,我第一眼看到的必是这两个熟悉的陌生人。他们的面孔,我早已研究过无数次,也让我无数次产生想象和疑问:他们是谁?他们在哪里?他们是否能够想象,在这个地球的某个角落,有一个中国人在固执地看着他们?同为人类,为何我们如此不同?

伏尔塔瓦河的早晨充满雾气,晨光中的布拉格恬静如常。布拉格广场的游客像有规律的潮汐,每次敲钟,人像潮水一样涌来。钟声响过,人潮像水消失在沙滩之中。那天下午,我和几个朋友躲在布拉格广场附近的小酒馆喝啤酒。那真是好天气,也是好日子。啤酒细腻的泡沫、温暖的阳光,让我们斜躺下来,还有什么比此刻喝杯啤酒更舒服的。据说,赫拉巴尔总是去金虎餐厅喝啤酒。金虎餐厅就在附近,我们没有找到它,也并不着急。第二天,我们找到了。餐厅的大门紧闭,它要到下午才开门,我们来得太早。一只金黄的老虎站在餐厅大门的门楣上,里面的寂静和黑暗,让人猜想如果赫拉巴尔喝醉了,他会不会就在地上躺着,吐得满地都是,有人能认出赫拉巴尔吗?这些问题,没有人需要答案。在布拉格,我更想念卡夫卡,他也是个犹太人,他被葬在犹太人墓园。由于休息日的关系,墓园关闭。还好,他的墓离紧锁的铁门不远,稍稍用力,足够把花扔到他的墓前。每次想到这一幕,我总会忍不住笑起来,有多少人千里迢迢来到这里,把鲜花扔到他的墓前?扔,而不是放。他的墓碑小得不像样子,就像他在黄金巷的写作间——如今是一家书店——同样小得不像样子。至于他的纪念馆,还是小得不像样子,展品也少得可怜。在卡夫卡纪念馆,我买了本德文的《变形记》。那本书,我送给了女儿。她应该早就弄丢了,我不怪她。亲爱的卡夫卡,我这样随意地爱你,你应该会更舒服些。据说,你是个害羞的人。如果你还活着,一定会被你巨大的名声吓得瑟瑟发抖,你真的会变成一只甲虫落荒而逃。

好些天,下午或者傍晚,离开布满城堡、教堂、博物馆和宫殿的城市,我们沿着阿尔卑斯山脉的乡村公路前行。一辆灰色的小巴载着一群色彩丰富的中国人,心思迥异地穿过欧洲大陆。我们熟悉树木、草地与河流。甚至,它们的名字,都早已熟稔于唇间。我热爱起伏,这个大陆对我来说新鲜,它的起伏像音乐般舒缓。漫长的乡村道路,几乎没有人烟,要很久才能看到村庄,甚至连牛羊都很少见。大陆沉默着,没有干扰。小巴像是一颗在宇宙中孤独漫游的飞行器,连它行驶发出的噪音都被吞噬。我们路过一个小镇,天黑了,院子里的花开着。只有寥寥几间屋子摇曳着昏黄的灯光,见不到一个人影。这是个过早入睡的镇子,它甚至懒得留意过路的人。那些漫长的见不到人的乡村道路,给了我梦一般的记忆,像是另一个世界,所有的材料都用童话来建造。这梦一般的感觉在天鹅堡确认，整个阿尔卑斯山燃烧着红色与黄色，石头和土松弛自然。这里天生适合造梦，这梦送给全世界的孩子，无论何种肤色和语言，都能理解。我再一次见到梦境是在中国大陆最南端的徐闻，那里有着相似的起伏。那天，我站在一棵树下，望着低处的河流、红土、一团团凝结的树、草地和菠萝的尖叶，像是去到另一个国家。它们有共同的美和让人羡慕的宁静。海水在不远处荡漾，珊瑚还在呼吸，盐田里蓄着浅浅的水，灰色的鹭鸟落在盐田里。人像是这块土地上多余的废物，多余且没有必要。

这一切，让我想起年轻时的一次独自远行。我从湖北武汉出发，路过长沙，去了岳阳，又从岳阳坐车去了汨罗。我听过汨罗这个名字，在端午节之前，我想看看汨罗江。到了汨罗江边，只见江水昏黄狭窄，一根钢索架在江面上，铁质的驳船在江面上来回接送稀少的客人。从码头到屈子祠不远，我在那里仅仅逗留了四十分钟。这是我全部行程的意义。一个装腔作势的年轻人，像朝圣一样来到这里。他本想在江边烧掉他手写的诗集。诗集在背包里，从屈子祠出来，来到江边，他拿着打火机，怎么也不好意思把诗集点燃。四野无人，没有人看着他，羞耻让他无法完成这个简单的动作。面对这条江，他觉得，烧掉一本诗集太做作了。再次坐船，到达江的另一边，江水划出了他和屈子祠的界限，这让他放松了许多。已经下午四点，阳光不再强烈，江堤上黄土腾起的灰尘沾染了他的裤脚。江水还没有涨起，江边的野花开得难以描述。灿烂、多彩，充满生机，世间所有最好的词和最丰富的颜色都可以用在这里。懒散的牛在江边吃草，它们像是野花的点缀，尘世最浪荡的败家子，它们糟蹋这些至美的事物而丝毫不觉得可惜。这巨大的美终于一点一点打动了花光了最后一张大额纸币的青年，让他不再担心晚上的住宿、第二天返程的车票，还有饥饿的肚子。一眼望不到头的野花，把他对现实的恐惧排挤一空。他干脆从江堤上走下来，一步一步走到漫无边际的野花中去。当他站在江滩之中，无名的野花包围着他，芬芳的气味让他成为另一个人。他终于躺了下来，闭上眼睛。眼皮上的淡黄色提醒着他，阳光正好，而你正享受着此后再也不会有的美好时光，独自一人，不需要和任何人分享。就在他躺下的地方不远，汨罗江流淌了亿万年。一个叫屈原的人，早在两千多年前就已葬身江中。风像琴弦独自演奏，他听到了，我也听到了。

何似在人间

　　和谭老师认识时,我二十多岁,正是少年不识愁滋味的年龄。直到如今,愁滋味对我来说依然是一个谜,到底要怎样才能算得上愁? 我似乎没有刻骨的焦虑,一路生活即使说不上顺风顺水,大抵也算是平坦。诗人魔头贝贝有首《相见欢》我很喜欢。句子简单清澈,短短几行:"已经很久没有听见/清晨的鸟叫//光照到脸上/仿佛喜欢的人/来到身边。"这首诗算是我最爱的诗之一了。我的生活就如同清晨的鸟叫,每天早晨,我总是听到它。有时,像是有大鸟,声音粗糙一些,带有夏天特有的草莽气。大榕树总是绿着叶子,垂下孩子们喜欢的气根,它也不焦虑。榕树上的鸟窝在雷雨中荡漾,鸟儿可曾焦虑? 那是一个特别大的鸟窝。据楼上的摄影家说,那里住着一对喜鹊夫妻,它们的幼崽被别的鸟儿推出了鸟巢。这真让人悲伤。谭老师性格开朗,有趣得很。刚认识他时,只知道他在民政局上班。后来知道,是在民政局下属的殡仪馆。那时年少轻狂，有几次深夜，我和朋友喝多了酒，跑到谭老师单位，趴在礼宾部的窗户上往里看，里面黑乎乎的，什么都看不到。还有一次，我有两个朋友在谭老师单位门口打了起来，打得昏天黑地，雨一直下。等他们打完，雨也停了。我们坐在马路边上抽烟，像是什么事也没有发生过。他们为什么打起来？打完之后又亲如兄弟，这让我费解，只有年轻能够解释。当年那些年轻人，如今都不再年轻，有些信了佛，有些早已从人间消失。我写过一首诗送给谭老师，结尾写着"而我们把炉火点燃/以便清理人类"。我为这个句子得意过。现在再看，这得有多轻佻，才会写出这样的句子。想起太宰治说的"生而为人，我很抱歉"，更是让人羞愧不已。我知道我终究会和谭老师发生关系，但那一天到来时，我还是有些猝不及防。

我的岳父，一个朴实的乡村教师。晚年，他得了肺癌，据说是抽了太多的烟。他确实抽了太多的烟。每次陪妻子回家，他手里的烟一直燃着。每次回去，他总是坐在固定的位置，客厅外侧的椅子上，腿盘起来，笑眯眯的，一头白发光亮闪烁。岳父在当地客家人中具有崇高的声望，他的知识和人品让人信赖。他业余做着一份有益百姓却得罪权贵的闲事，帮人写状词。过年过节，来看他的人络绎不绝，手里提着水果和点心，和他闲扯几句，抽根烟即走，从不多打扰。岳父的退休生活忙碌又充实，直到他进了医院。进医院时，他没有打扰我。岳父住在镇上，从镇上转到市里，医院床位紧张。舅哥打电话给妻子，说医院没有床位，岳父只能住在走廊里。他们问过医生，什么时候有床位还说不好，得等。舅哥说，你问问阿勇，看他能不能帮忙想点办法。在他们的眼里，我可能是个有本事的人，读过点书，也认识些人。舅哥本就不善言辞，再加上他们平时都说客家话，我听不懂，平时我们交流极少。即使有事，也是妻子从中转达。妻子和我说时，带着哭腔，自然是因为心疼。妻子是岳父的养女，也是岳父五个孩子中唯一读过大学的。每次回娘家，妻子都会在岳父面前撒娇，没大没小，像个孩子。那一刻，她确实也仅仅是女儿，而不是妻子和母亲。第二天，我和妻子去医院看岳父。医院里弥漫着惯常的气味，让人紧张不安。整个医院像是一个不健康的肌体，穿着白色大褂的医生和蓝色病服的病人再次强调了这种不安。岳父躺在走廊边的病床上，挂着输液瓶。他本就瘦，这会儿瘦得更厉害了。见我们来，岳父笑了起来，他的精神还不错。他对妻子说，你们搞得太紧张了，现在好了，睡走廊上了。妻子说，你要是不生病，哪里要睡走廊，都叫不要抽那么多烟，还一天三包，谁说也不听。岳父摸了摸全白的脑袋，有点不好意思，不抽了，我已经不抽了。又对我说，又要麻烦你。岳父对我总是客气，有时想和我说话，又怕我听不懂。他以为他普通话不错，毕竟做过老师的。其实，他的普通话糟糕极了，夹杂着客家话更让人听不懂。他说，做完检查就回去,不要搞得这么麻烦。床位我已经联系好了,不过要到下午才能转到病房。妻子坐在岳父身边,我听着他们聊天,岳父还很乐观,以为不过是点小事。

过了几天,拿到检查结果,妻姐在医院楼道放声大哭,妻子吓得脸色都变了。等哭过了,一家人努力把表情调整到正常状态。走进病房,岳父望着妻姐问,检查结果拿到了?妻姐挤出一点笑说,还好。岳父扭过头,望着窗外,又扭过头,看着妻姐说,说吧,这么久才进来,怎么会好呢?妻姐哭了出来。岳父抹了一下脸说,你们别哭了,我知道了。岳父坚持要出院。他说,我们回家。岳父还是个不错的中医,这也是他的业余爱好。他给我调制过治疗皮肤病的药酒,效果比医院的好。回到家,岳父开始了跟往常一样的生活,只是衰弱的肺部让他呼吸越来越困难。他给自己配置了各种中药,聊以维持。

有天傍晚,我突然接到一个陌生的电话,我挂掉了。隔了一会儿,电话又打了过来,我接了。里面传来一个虚弱的声音,阿勇,是我。我听出了岳父的声音。这让我有些惊慌,岳父从来没有打过我的电话,我的电话号码应该是他找妻子或者妻姐要的。我赶紧说,爸,怎么了,有什么事吗?他说,阿勇,我拜托你一件事。在电话里,他艰难地把事情讲了一遍。他的两个孙子,我的内侄,由于某些问题,读不了初中。他说,你认识的人多,看看能不能想想办法,这么小的孩子,要是不读书，他们能干什么。挂掉电话，我眼泪都要掉下来了，像是听到他的遗言一般。问过妻子，大约知道了事情的来龙去脉。时间已经太晚了，八月份了，九月初中就要开学，学位早已派定，几乎不可能有调整的空间。尽管如此，我还是托了朋友，找了一大圈人。所有的人都告诉我，太晚了，读书的事情，至少要提前一年办。这会儿，神仙皇帝都没有办法。我不敢和岳父说这句话，把情况告诉妻子，让她告诉她的哥哥。再去岳父家，愧疚让我不敢面对岳父。他从来没有要我办过任何事，这可能是他临走前唯一放不下的，然而，我办不到。还是岳父对妻子说，你告诉阿勇，不要放心上，我打电话给他，也只是想试试看。岳父去世前一天，我和妻子去看他。他瘦得让人不敢看。我打过招呼，赶紧去了客厅，人怎么可以瘦得那么厉害。过了一会儿，妻子从岳父房间出来说，我爸说气透不过来。那样子，我有点害怕，不敢看。尽管如此，我们都以为这不会是岳父的最后一天，他已经坚持了快两年，比医生说的时间多出了一年多。看过岳父，我和妻子去了朋友家。大约晚上十点，妻子接到了岳父过世的电话。我们匆匆赶回岳父家。他躺在床上，终于安静下来，不再发出艰难的喘息。就在几个小时前，他还在为孩子们操心。他说，凡事不要过于强求。这是他在人间说的最后几句话。

岳父出殡，客家人相信好时辰。我打电话给谭老师，请他帮忙安排。那是我为岳父做的唯一一件事情，让他在理想的时间出门。一副轻薄的棺材,遮盖住了他,也写尽了他的一生。火化时,我站在外面,百感交集。长期的病痛,让我们对岳父的过世并不那么悲伤,这是可以预期的,早晚到来的一天。两年时间,所有人心里早已做好了准备。这个一生勤勉的人,化作一坛灰色的白骨。当年,他还年轻,带着全家从河源紫金到了中山。他抚养了我没有人疼惜的妻子,给了她爱。站在殡仪馆中,这个我来过多次的地方,我第一次,在这里送走我的亲人。它瞬间变得有些不一样,它从纯粹的人间变成通往天堂的路口。哀乐和香烛从普通的物件变成抚慰人心的利器。谭老师陪我说了一会儿话,抽了根烟。他没有安抚我,也没有说客套话,我的悲伤显然还不需要抚慰。我和他聊了一会儿生死和人间。在这个地方,他的感受自然比我的深刻,却也不愿意多说。陶潜写过:"亲戚或余悲,他人亦已歌。死去何所道,托体同山阿。"不过如此罢了。

尽管生死不宜讨论,好奇总是有的。妻子在医院上班,中山最好的妇幼医院,每天都有不少孩子在这里出生。我的女儿、儿子都在这里出生。医院离我家很近,隔着一条马路,从我家到妻子的办公室直线距离不过三五百米。医院对面是孙文纪念公园,中山的地标性建筑,只要天气好,总能看到孩子们在草地上奔跑嬉戏。沿着医院往西——几乎就在医院隔壁——便是谭老师单位所在,中山市殡仪馆。这两个地方连接在一起,像是巨大的象征。每天,孩子们在医院出生;每天,死去的人在殡仪馆往生。这生死之地离我那么近,让我不得不去想它。我和谭老师讲过几次,如果可能的话,我想到你们那里深入了解一下。说过几次,谭老师说,我和我们馆长讲一下,看能不能让你来看看。我说,不是看看,我想像上班一样待一两个月。馆长同意了。

那一个多月,每天早上,我从家里出发去殡仪馆。我甚至不敢告诉我的父母我到底在干什么。他们知道了会紧张,忌讳。事后,我和他们说起。他们说,要是当时我们知道,我们肯定不让你去的,你胆子也是真大。不光我的父母,知道这件事的朋友几乎都这么说。可这有什么可怕的呢?每天早上,我从家里出发,经过酒店,穿过马路。一过马路,就到了妻子工作的医院门口,石头上刻着"中山市妇幼保健院"几个红色的大字。我喜欢石头边上的一棵大树,它有着与紫荆花树近似的树叶,结的果实像一条条长长的丝瓜。问过朋友,又拍了图,才知道那叫吊瓜树或者吊灯树。这名字真是贴切。每次路过,我都忍不住抬头看看。再往前走几步,孙中山雕像的背影清晰地呈现出来,公园里的树木和草地充满生机。道路两旁的杧果都成熟了,散发出迷人的果香味,有的掉落下来,砸在地上,露出深黄的果肉。走到这条路尽头的拐弯处,往左,就到了谭老师所在的单位。这是个好地方。路旁的树木、弯折的小路将殡仪馆藏在半山腰,路人经过,并不会发觉它的所在。进到里面,两边都是停车场,再往里走,便会看到"蓬莱仙境"四个字,那才是殡仪馆门岗之所在。除开时时响起的哀乐、点燃的香烛,这里和其他单位没有太大的区别。大约是和谭老师太熟,太多次到他办公室闲坐喝茶,我对这里的环境早已非常熟悉,早已没有紧张和恐惧。

具体的工作细节没什么好描述的,我想谈谈让我记忆深刻的场景。某天,我跟车去人民医院接一位死者。车到医院,太平间的工作人员还没有来,我和工友们站在外面聊天。天气很好,雨后初晴,难得的舒服的日子。站在我们旁边的还有另外三个男人,他们也在抽烟,悠闲地聊天,看上去不过是来探望病人的家属。过了一会儿,医院的工作人员来了,他们也跟了过来。我们这才知道,他们是死者家属。病人得的是癌症,显然做过化疗,头发几乎掉光,从太平间搬出来时,遗体略有点腐败了,嘴里流出黑褐色的液体。几乎不用分辨,那三个男人,一个是死者的丈夫,一个是死者的儿子,另外一个则是他们的亲戚。整个交接过程中,死者的丈夫神态轻松,没有一点悲伤的表情,死者的儿子同样如此。他们像是在料理着一个和他们没有任何关系的人,甚至,他们看上去比我更加轻松。如果说得再直接一点,我能感觉到他们有种解脱之后的愉悦感。这让我意外。我并不是想说人性之冷漠,久病床前无孝子,这句话我知道。在漫长而痛苦的照料过程中,他们可能早已耗尽了耐心,也为这一天做好了准备。他们的表情和反应,应该是他们内心最真实的表现。作为一个外人,我却依然有些不满,我甚至认为,就算是装,他们也应该表现出悲伤。很久以后,我才意识到我没有深刻地理解他们,这种误解,才是人性中最残忍的部分。没有人有任何权力要求他们悲伤,而他们的悲伤也无法和任何人分享。写到这儿,我想到另一件事。有位诗人的儿子死了,很快,他给儿子写了一批悼亡诗。那些诗在微信上发了出来,不少公众号还做了专题。正是这些悼亡诗引起了朋友圈极大的争议,好多人在骂诗人,骂他没心没肺。儿子死了,你怎么还有心情写悼亡诗?而且那么快,你为什么不悲伤,为什么不痛苦?我得羞愧地承认,我也是其中一人。即使我没有说出来,我心里也在这么想。直到,一个朋友在朋友圈发了一句"一个诗人,因为写了悼亡诗,几乎快被骂死了"。他没有说得太直接,态度却是清晰的。这个句子给了我当头一棒。我意识到我不光没有理解他人的痛苦,甚至,我还充当了作恶的人,给了一个刚刚失去儿子的父亲别的痛苦。这种恶,用人性的外衣来包裹,却更加残忍。面对一个失去儿子的父亲,你在意的为什么是他的悼亡诗?只是因为他没有表演你认为理所当然的痛苦?太邪恶了,我为我潜藏的邪恶感到巨大的羞耻。很长一段时间,我害怕在朋友圈看到这个诗人的名字,我知道我曾经对他作下了恶。直到今天,我也不敢说一声"对不起"。因为,我不配获得谅解。

还有另外一个早晨，我从殡仪馆去镇区。那天，天气很好，即使在中山，也难得有那么好的天气。老人去得安详，九十高龄，算是喜丧。丧葬的礼仪按流程走完，该送老人上车了。天还是蓝着，就在老人出门那一刻，密集的雨点骤然而至。更让人惊奇的是，雨点只落在老人家里到殡仪馆公务车的那段距离，全长不过一百来米。公务车停在村里的篮球场上，那雨点，甚至没有覆盖整个篮球场，仅仅落在公务车的周围。这当然是自然现象，一个意外的巧合。回殡仪馆的路上，我仔细观察了路面，这一带没有下雨，地面灰白，天空有着透明的蓝。那一刻，我有点信神，我也愿意信神。这种巧合即使成为谈资，那也凝结着善的因子。我相信这位老人有着圆满的福报，她过了多么好的一生。这只是美好的心愿，她的一生我无从知晓。到了馆里，我翻看了一下派单卡，老人的死因一栏写着"自然死亡"。这四个字如此美好，像是给人类送上祝福。和谭老师说起这件事，他说，这种情况确实少见，不过，南方雨水多，也是巧合。我们谈到了灵魂、来世，这些无法证实的事物。如果说人间还有不可解的难题，那么，灵魂和死亡一定在其中。从来没有一个死者重新回到人间，告诉我们死亡的秘密。所有对死亡的猜测，都不可能经过证实。至于灵魂，可能是因为敬畏。谭老师说，即使在殡仪馆工作了这么多年，如果晚上一个人值班，他依然不敢随意到处走动，多数时间他会待在办公室。二十多年的工作经历，他从来没有见过鬼魂，也没有遇到过灵异事件。他见过成千上万的遗体，没有一具比其他的更特别，都是普通的人类。理智也告诉他，这世界没有神灵。即便如此，他内心依然抱有深沉的敬畏，那是生命给他的，作为同类的本能。这可能是对人类对灵魂抱有信仰的最合理的解释。

我还见过一个非常美丽的死者，一个女孩，她的年龄定格在二十二岁。我去防腐化妆部时，入殓师正在给她化妆。入殓师和她一样年轻，也是个美丽的女孩。女孩闭着眼睛，躺在棺木里，在她的周围铺满了紫红色的玫瑰，只露出她漂亮的头和脖子。那真是一个漂亮的女孩，生前一定有很多男孩子喜欢她，给她写信，给她送花，陪她一起吃她喜欢的食物。现在，她不再需要世间的一切。和别的死者不一样，入殓师给她化妆时，用的是她的家人提供的化妆品。她生前一定很爱美。我站在旁边，看着入殓师给她化妆，所有人的呼吸又轻又静，像是怕打扰她的睡眠。给她化完妆，她的亲人将在礼宾厅和她做最后的告别。我特意去了礼宾厅。那是殡仪馆最大的礼宾厅，装饰得比平常更加漂亮，如果不是花圈和挽联，会让人产生一种即将在这里举办的是一场盛大婚礼的幻觉。没有呼天喊地的哀号，甚至，音乐也轻柔温暖。我甚至无法猜测她的父母是谁，也许没有来。挽联上的称呼让人悲伤，落款的是她的长辈和友人。还没有等到告别仪式结束，我逃跑一样离开了礼宾厅。我有一个十来岁的女儿，我害怕看到这个场景。那天，我女儿夏令营结束，我要去接她。和妻子会合后，我们开车去学校，一路上，我的话很少，一直想着那个女孩的样子。车到学校，我们来得有点晚，很多孩子都走了。我打电话给女儿，告诉她，我们到了。我们站在操场上，看着女儿拖着行李箱，从宿舍楼的阴影中走出来，走到阳光下，身边是她的小伙伴。我亲爱的女儿，她一直偏瘦，她拖着行李箱的样子健康，充满活力，远远地向我走过来。向她走过去时，我放慢了步子，我想就这样看着她，看着她兴奋地向我走过来带着热望和激情。天很热，我的热泪和汗水一起流了下来。接过女儿那么多次，唯有这次让我热泪盈眶，只因为我刚刚见过一个年轻的逝者。我亲爱的女儿，我没有办法更爱你，我希望你健康，有你热爱的悠长生命。夏令营的阳光让她黑了一点，脸上的雀斑更加清晰，鼻子也更挺拔。这些，都是我爱的，我想要的。这个活泼的小生命是我的女儿，这让我迷恋人间。

妻子曾在凌晨把我叫醒，给我讲她刚刚做过的梦。由于恐惧，她的声音发抖，像一只惊慌的母兽。她给我讲，她梦到了女儿和儿子。这两个小东西，老是喜欢吵架、打闹，只要在一起，过不了多久就会吵起来。妻子说，她梦到女儿和儿子吵架，吵得很厉害，女儿非常生气。等弟弟睡着了，她偷偷在弟弟的水瓶中放了毒药。妻子还没有说完，我打断了她的话。我搂着妻子，拍着她的肩膀告诉她，这不过是一个梦，其实姐姐很疼弟弟，她都愿意花一百多块零花钱给弟弟买他喜欢的奥特曼卡片和玩具。弟弟也很爱姐姐，每次幼儿园发了零食，他都要带回家和姐姐分享。他们之间的打闹，不过是小朋友的游戏。妻子说，我知道，我只是害怕，我都吓哭了。类似的梦，我何尝没有做过，何尝不是吓得一身冷汗。吓醒之后，感到深深的庆幸，这不过是一个梦。对孩子的爱，让我们紧张。以前，在我没有孩子时，我并不相信人间有这样纯粹的爱。很多年前，我有个朋友也不相信。那时，他结婚了，但没有孩子。我们另外一个朋友有了孩子。有一天，有了孩子的谈起这种爱，说那是一种可以为之赴死的爱。还没有孩子的不相信，他认为这只是一种想象和夸饰，他断定没有一种爱可以跨越生死。等后者有了孩子，他谈起这种爱。另一个朋友在笑他，我也在笑他。另一个朋友笑是因为"你终于明白了"的欣慰，我笑则是认为他在夸饰。今天，当我说起这种爱，我一点也不在乎有没有人认为这是在夸饰，我知道它是真的，比我的生命还要真实。

我比普通人见过更多的死者。从不到一岁的孩童，到二三十岁年轻的生命，再到耄耋之年的老人。他们因为各种原因离开人世，愿他们安息。随着年龄的增长，身边的朋友也开始凋零，这是无可奈何的事。如果说一代代的人就像一道道防风林，我已经到了快要站到最前排的年龄。这是生命的原则，我欣然接受，即使我还没有做好准备。和老谭一起上班的那一个多月，我消除了对死者的恐惧，有了更多的敬畏。歌颂生命这个词，和活着本身比起来显得过于轻巧。我将以什么样的姿态活在世上，我不知道。太多我想要不想要的东西，时间会将它们推到我面前，让我选择。怎么选择，我也不知道。我可以确信的是，在我的父母死去之前，无论有多少艰难、屈辱，我都会努力活着；而在我死去之前，我的孩子必须在这世间。如果这算是请求，我愿意跪下，哪怕我认为我是全天下最骄傲的人。

第一百次少女

有多少个夜晚我是和他们一起度过的？他和她，恋爱中的两个人。这是件古怪的事情，一个已婚的男人和一对离异的男女。傍晚，热气刚刚散去，我们找个地方坐下，喝茶，等待晚饭时间的到来。有时，连喝茶都省略掉，让老板拿碟花生米上来，拍个青瓜，酒杯倒满。我们都喜欢南方的天气，大雨过后，难得的凉爽让人充满欲望。这么好的天气，我们为什么要工作，为什么不一起喝一杯？世间的事情哪能做得完，而我们能够一起喝酒的时间远比想象的要少。还好，我和他都有着足够的闲散时间，她有一份可以自由支配时间的工作。我们坐在院子里，游鱼在水中，人造的假山倒映在水面，池底的青苔隐藏了鱼的行踪，要细细寻找才能看得见。那片孤独的荷叶，还在努力自证清白。要是碰到雨还没有下完，滴答之音从屋檐落下，这正好做下酒的小菜。以前，在她还没出现之前，我和他一起喝酒，两个人漫无目的地度过一个下午，再接着一个夜晚，直至天色微白。这是成年人之间的奢侈，还有谁能够无所求地饮酒，只为说几句无关生活的闲话。

我当然记得她初次出现时的情景。和碰巧翻开一张扑克牌类似，她的出现也像一张未知的底牌。那天，我和几个朋友在大排档喝酒。那是我的文学朋友们，在这个自谦的小城市，文学一点也不谦虚。我见过"世界级"的大诗人，"星球级"的艺术家，还有"宇宙级"的骗子。还好，我的朋友们还是"县城级"的小文人，这点小，让人舒适。他们干着和文学不相干的各种工作，有时闲下来便约个酒，扯几句闲话，聊聊文学。据说，文学圈已经不聊文学了，我们还聊，这大约也可以证明我们是多么无聊，在文学上又尚未入门。照旧，我们在闲聊中喝够了酒，晚风吹来，真是舒服。我靠在椅子上，拿起手机，看看信息。有他发给我的信息，问我在哪儿。我告诉了他位置。过了一两分钟，他的电话打了过来。他告诉我，他们刚刚喝过了酒，他还想再喝点，但他不是一个人过来，还有两个女孩一起。这个刚分手不久的男人，言语中略带兴奋。我以为我理解这种兴奋，他和我一样，都是正常的男人。很快，他带着两个女人——对，女人，而不是女孩——朝我们的桌子走过来。那是两个漂亮的女人，这里的"漂亮"有诚实的实际意义，并非礼貌上的虚指。几个男人之间突然插入两个漂亮女人，酒局的气氛不可避免地愉快起来。简短而没有必要的介绍之后，酒杯倒满，她们迟迟没有举杯。即便如此，我依然快速地辨别出了他心仪的对象。她要瘦一些，似乎也更柔和。但是，很快，她打破了这种印象。他上厕所，我的朋友想和她喝一杯。朋友已经喝了不少，有点耍赖的意思，她干脆利落地拒绝了。气氛有点尴尬，彼此都有些僵持。那么，好吧，我举杯，只要她愿意喝一口，我愿意把一杯喝完，替我的朋友表示歉意。她喝了一杯。直到酒局散场，她始终保持着略带抗拒的姿态。我们都没有在意，谁会把酒局上偶尔碰到的陌生人当回事儿呢，应酬一过，万事皆休。我甚至连她的名字都没有记住，即使她漂亮，有符合我审美的外部特征，这依然是一个和我没有关系的女人。

很快，大约两天或者几天之后吧，我和他约了酒局。他告诉我，她一会儿过来。那当然好，有个漂亮女人陪着喝酒，又有什么不好呢？我们继续像以前一样漫无泪际地闲聊，按我们喜欢的方式。过了一会儿，她过来了。这次，她愉快地端起酒杯，和我们一样喝酒。她是新疆人，酒量不错的，笑起来非常甜美。我们喝了一杯又一杯，她陪着我们一杯又一杯。这不是重点，她在旁边听着的样子，像是一个未谙世事、盲目无知的小姑娘。甚至，在这个场合，不太适合用"女人"来称呼她，她的表情和动作分明像个少女。我和他聊量子力学，这可是艺术圈最时髦的话题，所谓"遇事不决，量子力学；解释不通，平行宇宙"嘛。我们也未能免俗，我们还谈到了莫比乌斯环。一个晚上,我们兴致勃勃地谈论着一些我们并不太理解的东西。第二天早晨,我从宿醉中醒来,突然意识到,我犯了一个让人羞耻的错误。她是理科生,东南大学硕士。我和他则是纯粹的文科生,我们那点道听途说的物理学和数学知识,在她面前可能只是一个笑话。更让人羞耻的是,她始终没有插入和打断我们的话题,任由我们在那里高谈阔论。这让我感觉自己像个小丑,还有什么比这更让人难堪的。我发了个信息给他,表达了这种羞耻感。他大笑,以我们两人的脸皮,还在乎这点东西吗?他说得真好,让我的羞耻感瞬间灰飞烟灭。如果我们聊天,只是为了让我们自己愉快,那么,有什么必要在乎任何人的任何看法?即使再荒谬,那又如何?谈到荒谬,还有什么比活着更加荒谬?我对她的好感,越发多了起来。

他顺理成章地和她谈起了恋爱。这几年,我见过他几次恋爱。每次恋爱,都和暴风雨一样迅疾。我已经习惯了。这个来自西北的男人,也是个有故事的人,至少和我比以来,他经历过太多的事。他的父亲是个酒鬼,死于饮酒过度。在一次大醉之后,呕吐物让他窒息而死。谈起父亲,他说,他已经获得了他美好的一生。即使这是一个没用的男人,一个妻嫌子厌的男人。他的早晨,从一杯白酒开始。每天早晨,起床,从昨夜的酒气中醒来。他揭开酒坛子,打四两酒,一饮而尽。这四两酒,让他重新回到人间,这是他一天中最清醒的时刻,眼睛里可能有慈爱的光。他柔和地看待世间,甚至,可能会和儿子温柔地说话。中午,他会再喝四两。从傍晚开始,他进入漫长的酒局,直到酩酊大醉。周而复始,一日不息。他在醉酒中死去。他说,如果酒就是他的生命,那么,还有什么比在醉酒中死去更美好的事情。他读的哲学,对哲学的热爱一直保持至今。谈到母亲,满是无奈。至于他的姐姐,经常让人潸然泪下。这些零碎不说也罢,毕竟,再亲的亲人,在成年之后,并不会有深入的联系,他们难以影响具体的物质和精神生活。亲人,更像神话或者信仰,足够用来修饰,却没有过于具体的行动力。他短促的恋爱,在于挑剔。完美契合的伴侣多么难得,凭什么你认为你会足够幸运? 我多次用我庸俗的生活哲学和他交流,他当然没有接受。和恋爱类似,他还有过一次短促的婚姻。在意识到那不是他想要的婚姻之后,他果断地离了婚。从此,他成为一个不婚主义者,直到目前依然没有改变的迹象。哪怕,他认为,她是他想要的女人。

　　如果对恋爱中的男女来说,真有灯泡一说,我想,我可能是世界上最大最亮的那个灯泡。他们的约会,多数有我。我们三个人经常一起喝酒,在凌晨之后各自回家。我和他自然以哥们儿相称,说到她,每次举杯,我都会说"来,哥儿俩喝一个"。她笑眯眯地举杯,笑眯眯地喝下。每次三人的酒局,多数时间我在说话,其次是他,而她则很少说话。她只会用迷恋的眼神看着他。老实说,这让我意外,甚至有些迷惑。

一个女人，一个离过婚，有个十岁左右女儿的女人，怎么会像一个初恋的少女？她这么漂亮，从小就不缺追求者，她应该懂得恋爱，也有过炙热的爱情。我记得有一天，我们坐在熟悉的餐厅喝酒。那是一家主打新疆菜的餐厅，外面有小小的院落。由于去的次数太多，老板娘已经成为我们的酒友。喝多了调戏老板娘，早就成为保留节目。和往常一样，我们去得很早，老板娘还没有来，我们像坐在自家的院子里一样愉快地聊天。我们谈起了各自的婚姻，我的妻子，她的前夫，他的前妻。尽管，我并不是一个八卦的人，从未打听过他的前妻，就算他讲起他的前妻，我也只是听着，像听一个离奇的故事，我依然还有好奇。她说起了他以前的长相，他很意外，然后，看到了她手机上的照片。他瞬间明白了，那两张照片，他前妻发过朋友圈。这意味着，她认识他的前妻。这种偶然，让我的八卦之心轰然隆起，我问她，你怎么会认识他的前妻？她说，马老师，其实你也认识。这句话让我大惊，我怎么可能认识他的前妻。如果我认识，他应该会告诉我，这又不是什么见不得人的秘密。一说完这句话，她马上意识到，她说错了。而我，当时并没有意识到什么问题，还在追问，是谁？告诉我嘛。她看了看他，他说，你们这样有什么意思。我还是不肯放弃。我终于知道了那个名字。那个人确实在我朋友圈里。而且，在认识他之前，我就认识了那个女人。那是好多年前去朋友的饭局碰到的，加了微信。那时，她单身，应该刚刚和他离婚不久。后来,我在朋友圈看着她恋爱,结婚,生子。我从未想到,这个人和他有什么关系。她知道我认识他的前妻,仅仅因为她看到过我在他前妻的朋友圈点过赞。她从来没有说过,也从未问过我什么。过了一会儿,他去上厕所,她难过得都快哭了。她说,他肯定不开心了,我怎么这么傻。她紧张的样子,真让人心疼。

也许这是一场并不平等的恋爱。她对他的爱中怀有崇拜、激情和热烈。而他,始终保持理性的克制,不愿意过多地溢出。认识他之前,他过着平静而规律的生活。每晚十点之前,一定上床睡觉。认识他之后,我们经常喝酒喝到凌晨三四点。酒局散场,我和他回家蒙头大睡,爱睡到什么时候睡到什么时候,她上午还要起床工作。即便如此,我从未听过她的抱怨,也从未见过她中途说要回家休息,总是陪我们到散场。这对一个女人来说,实在太过不容易。她是新疆人,他是甘肃人,都是广义的西部。他们都给我讲过西北的酒局,在他们看来稀松平常的事情,在我看来如此的不可思议。比如,他们说,在甘肃,一个男人喝酒喝到半夜,酒局散了,还意犹未尽的话,男人打电话给家里,告诉妻子,他们要来家里喝酒,那么,无论多晚,只要妻子接到电话,便会起床,先准备好几个凉菜,然后做热菜。丈夫到家后,一定会看到桌上摆得整齐的酒菜。对此,妻子不会有任何怨言。有的话,那就是妻子不对了,丈夫也会被朋友们看不起。我知道西北的酒风,然而半夜回到家里继续还是让我意外,这会不会太打扰家人了?他说,这在西北再正常不过了。我问她,如果是你,你愿意这么做吗?她说,那肯定,在我们新疆,也是这样的。我相信她说的话,但我同时猜测,这一定不仅仅是因为文化习俗。她在南方生活多年,故乡的民风民俗其实并没有太大的作用。愿意为一个男人这么做,大约也只能相信爱情。她不会做菜,他也不会。如果真有一天,我们喝多之后,闹着要去她家里喝酒,我猜想,她肯定会拿出十瓶小老窖。如果不叫外卖,她大概做不出三个菜吧。

两个年近四十的准中年人的恋爱,真是挺让人感慨。有时候,我想过爱情。"爱情"这个词,更容易和青春附着在一起。甚至,在年轻人的眼里,中老年人大概是没有资格谈这个词的。这确实让人伤感。其实,不光在年轻的眼睛看来如此,人至中年,提起这个词,难免带点羞惭。爱情约等于天真,对有些阅历的人来说,天真多么难。我听朋友讲过一个故事,他有一个朋友,爱上了酒店经理。所有人都劝他不必当真,你以为这是爱情,不过幻觉罢了。所有人的话都没有用,那人坚决地离了婚,净身出户,几十年奋斗的过亿身家都送给了前妻。他带着一张身份证重新开始,和酒店经理结婚后,他向朋友们借钱再次创业。毕竟年纪大了,而他一无所有的境地也让朋友们担心他的偿还能力,大钱不敢借,小钱就当是支援了。他过得并不好,唯一值得宽慰的是酒店经理还在他身边，不离不弃。朋友讲这个故事时，也甚是唏嘘，这到底是一个需要吸取的教训，还是一个让人羡慕的爱情故事？我也不知道怎么回答。一度，我想见见故事的主人公，但一直没有机会。那时，我还年轻。现在，即使有见上一面的机会，我想我也会选择拒绝。我害怕我从他们身上看不到一丝爱情的痕迹，却能看到现实厚重的灰尘。这不是我想看到的，然而，我为什么会如此悲观，我到底相信什么？

　　相比这位，他和她都很幸运。该怎么描述这种幸运呢？难免又要陷入世俗的陷阱。在他们年轻的时代，他们都遇到过一些人，有了足够的阅历和体验，等他们相遇时，心态成熟而又独立，知道自己想要的是什么，不再盲目。再次恋爱，肉体的好奇早已不是问题，至于婚姻，他们都有过过往的经验。那么，还剩下什么呢？不外乎精神上的满足。如果要问爱情是什么，这个老生常谈的话题，无数人曾给出过答案，可没有一个答案能够拿到满分。这是纯粹的体验，没有人能够给他人提供标准，更无法感同身受，最微妙的细节才是最深刻的。这属于无法知晓的部分。她让我想起我的另一个朋友，那是一位艺术家。她有一个二十多岁的儿子。有一天，她告诉我，她爱上了一个男人。她告诉我时，我以为她在开玩笑。我知道她有一个长大成人的儿子，从未听人说过她的丈夫。她是个画家，画风凛冽酷烈，全然没有女性的柔和。在她的画面中，全是嘶吼和呐喊、残破的人体、凌乱的骨骼。她爱上了一个男人。为此,她去了遥远的北方,洗衣做饭,日复一日。那一两年,我几乎忽视了她作为艺术家的部分,她的朋友圈显示她不过是一个最普通不过的家庭妇女罢了。她的眉宇之间却气定神闲,有着难得的平和。就在我以为他们会这么过一辈子时,她突然发了个朋友圈,大意是在一起几年,多谢关照,愿彼此以后都足够幸运,各得所爱。我问了她,她说,是的,我们分手了。问及原因,她说,他挺好,就是有些大男子主义。我并不在乎他能否挣钱,我能养活他。可他在意,为了证明自己是个男人,他越发大男子主义,好像我是他的小丫鬟似的。这个我做不到,但我也不愿意伤害他的自尊心。那么,就此别过。她说这话时,依然云淡风轻。听她说这些话,我一点也不难过,甚至没有想过要不要说一两句宽慰的话。她做了她想做的,那就很好。

温文锦老师有本诗集,名字我极喜欢,看过一次就记住了。那本诗集叫《当菩萨还是少女时》。那时,她主要写诗,笔名"拖把"。当"拖把""菩萨""少女"这三个词组合在一起,它们产生了奇幻般的效果。我们什么时候想过"菩萨"曾是"少女",或者"少女"何以成为"菩萨"?我们见过菩萨的塑像,不管它是以男性还是女性的化身出现在我们面前,无一例外的慈眉善目,眼里全是苍生。从"少女"到"菩萨",她到底经历了什么?而"拖把"作为一种日常的清洁用具,它似乎更多地和女性、家庭联系在一起。我得承认,这本诗集的名字给了我极大的冲击，以至我不愿意买回那本诗集，更不愿意阅读它。我觉得，哪怕就只有这个名字，这已经是一本足够好的诗集了。任何一个女人，哪怕她白发苍苍，满脸皱纹，谁能否认，她曾经也是美妙的少女。叶芝著名的《当你老了》这样写道"当你老了，头白了，睡意昏沉，/炉火边打盹，请取下这部诗集，/慢慢读，回想你过去眼神的柔和，/回想它们昔日浓重的阴影；//多少人爱你青春欢畅的时辰，/爱慕你的美丽，假意或真心，/只有一个人爱你那朝圣者的灵魂，/爱你衰老了的脸上痛苦的皱纹"（袁可嘉译）。还是叶芝，他在《随时间而来的真理》中说"虽然枝条很多，根却只有一条；/穿过我青春所有说谎的日子，/我在阳光下抖落我的枝叶和花朵；/现在我可以枯萎而进入真理"（沈睿译）。在我看来，这都是叶芝在晚年的致青春，如果说得再深入一点，说是致少女大概也不过分。或许每个成年人的心里，都住着一个隐秘的少女，她有着这个世上最为独特的语言，而且，只和一个人说话。这里的成年人，不分男女。我何尝没有那样的时刻。在面临巨大的孤独，或者仅仅是独坐，总有少女的身影在我面前晃动。她让我意识到，无论我多么衰老，多么沉溺于世俗之中，内心依然有洁净的部分。

说回我那对可爱的朋友吧，他和她。他有着不愉快的童年、历经磨难的创业史。如今，他努力学着做一个闲人，哪怕只是一个伪装的闲人。她在宠爱中长大，和我一样，她还没有遭受现实的蹂躏,大约也不能深刻地理解生活的痛苦。对我们来说,一切都很简单,读书,工作,挣一份能够过日子的钱,这就够了。他不一样。他想得太多,经历的也太多。生活狠狠地教训了他,他对生活也谈不上有什么好感。酒后,我们有时会去唱歌。我唱得很难听,每次去唱歌,都像发泄,发出野兽般的嘶吼。她说她也不太会唱歌,偶尔唱,也多是唱唱英文歌。他则热爱唱歌,那是真的热爱,我从来没见过一个男人如此热爱唱歌。他对唱歌的热爱可以用一个事例说明。某年,他还年轻,他获得了升迁的机会,他对老板提出的唯一要求是公司把他去 KTV 的费用给报了,至于加不加薪,那就无所谓了。这是一个荒谬的要求,出于对超级销售经理的尊重,公司答应了。回想起往事,他说,老马,你是不知道啊,那段时间,每个晚上我都在 KTV。任何一个饭局,我都能领到 KTV 里去。扎实的 KTV 训练让他博览群歌,唱歌时情绪饱满,几乎没有不会唱的。这不是重点。每次我们三人一起去唱歌,我才知道,我确实是多余的。在别的场合,无论是在酒局还是哪里,我没有多余感(大约是脸皮太厚吧)。一进 KTV,要不了一会儿,她开始三十度角仰望他,嘴角微微露出笑意,眼神满是柔情,像是看着全世界最伟大的巨星在她面前献唱。整个人也开始进入游魂状态,连喊她喝酒也听不到了。等他停下来,她也缓过神来。我取笑过她多次,她说,马老师,可是我真的好喜欢啊。好吧,即使你八十岁,你也是个十八岁的少女,祝福你。亲爱的,其实你并不知道,我喜欢看到你这种表情。这种表情对我来说既陌生又熟悉。我第一次在你这个年龄的××身上看到这种表情,单纯、热爱,而且神圣。原谅我用了××,我实在找不到一个合适的词。女人、女士、女性、女孩、少女,似乎都不合适,每一个词都不够精确。那么,就让我们用一个符号代替。我知道,所有人都知道这个符号的含义,都能感受到它,却无法说出,就像我们看到繁密的星空,它让我们无话可说,只知道它浩瀚无比。

和朋友们想象的不太一样,他们在一起的时间并不多,也从没有对未来的规划,比如结婚之类的。她带着女儿和母亲住在一起,他一个人住。有时,我们喝完酒,他们也是各自打车回家。我有过短暂的不适应,在我看来,这不是情侣之间的相处方式。过于散漫,而显得没有现实感,缺乏血肉的牵连和撕扯,这让人怀疑,彼此之间的真诚度。如今,我很好地理解了他们,这可能是让彼此最为舒适的方式。她曾经说过,这是她第一次理解到什么是爱情,男女之间神秘吸引的强烈。作为一个孩子的母亲,她说出这样的话,我有点伤感。不过还好,它终于来了。今天早晨,喝过茶,我坐在椅子上,给他发了条信息,晚上一起喝点吧。有些天没见,我有点想念他们。他在外地,只好再约。午后,没有到来的台风还是送来了雨水,室内清凉,灰色的云层覆盖在远处的山上。我还是想喝一杯。我再次念起拖把的诗集名。下次见面，我有几句话想和他们说，看到你们，我觉得很美好。至于未来，不必在意。如果，在遇到他之后，你能够重新成为少女，那就意味着，你还有无数种可能。请让我相信奇迹。

补记：今晚我们又在一起喝酒，他回来了。喝完酒，我们又在一起唱歌，我觉得她感受到了未曾有过的快乐，因为自由。在酒局上，我给她看过初稿。

负难之躯

谈吃。这个话题不好谈，中国的吃很是讲究，加上地域广大，物产丰富，食性杂色，难得平衡。文人雅士写吃的不少，著名的几本食单，在此不提。我的着意也不在工艺和材料，那不过是技艺，不妨谈点别的。人来到世上，吃的第一口多是母乳，通俗来讲，吃的是奶。少数不幸儿，碰巧母乳艰难，只得以米汤、牛奶糊口。这是少数，不算数。关于母乳，有个说法，母乳乃是血变的。这个说法听起来让人胆战心惊：谁没有吃过母乳呢？但凡吃过了，那就是吸过母亲的血。少的几个月，多的几年，这量加起来吓人，恩情自然也是大过天。这也是"我为什么不能不爱母亲""我为什么不得不爱母亲"心理的由来。有意思的是，据说男人的精也是血变的。至于男人的精为什么也是血变的，我思考过。除开劝男人要懂得节制，恐怕也有平衡的意思。母乳如血，这是天大的恩情；男精如血，提供了最初的源泉，也是值得铭记的。

吃过母乳，人有了活力，这第一口吃食，也有了决定性的意义。人类虽是高级动物，自以为独立于众生之外，说到底不过也是平常不过的哺乳动物。哺乳动物食性复杂，有肉食性的，比如狮子老虎；也有素食主义者，比如牛羊之类；杂食的也不少，熊类鼠类口味都很庞杂。既然是哺乳动物，那么都吃奶。奶是荤口还是素口？这个问题让人纠结。据我所知，绝大部分素食主义者，包括有禁忌的宗教人士，都倾向于认为奶是素口。他们多也喝奶，但血是绝不能碰的。这就尴尬了，如果奶是母体之血，怎么素得下来；如果不是，那似乎又有些忘恩负义。奶很尴尬，同样尴尬的还有鸡蛋。灾年时，我们村里有位素食老人吃了一颗鸡蛋救命。命活过来了，他纠结了一辈子。素食的老人，吃了一颗鸡蛋，他心里不安。也是因为这位老人，鸡蛋荤素的问题在我们那儿争论了多年，谁也没说服谁。一派认为，鸡蛋从鸡身上来，如果鸡肉算荤口，那么鸡蛋自然也是荤口。一派认为，鸡蛋不是肉类，也没有骨血，怎么能算荤口？而且，它也不是鸡的一部分。一派反驳，鸡蛋怎么不是鸡的一部分？它是从鸡身上下来的。另一派反驳，你拉的屎尿也是从你身上下来的，难道说屎尿也是你身体的一部分，也是荤的？一派又说，鸡蛋虽然没有骨血，但它能孵出小鸡，小鸡是有骨血的，那它怎么不是荤口？另一派则耻笑，桃核能种出桃子树，那你能说桃核就是桃子树？争来吵去，有些哲学辩论的意思了，各有道理，谁也无法占据绝对的上风。鸡蛋荤素的问题还没解决，老人死了，临死时说了句，我不该吃那个鸡蛋，它是荤的。老人为什么这么说，没人搞得清楚，他的话也没有终结讨论。科学家看到这儿估计要笑了，这哪里还需要讨论。遗憾的是，这并不是科学问题，它可能偏向文化心理。我想说的正是这些，它虽然不科学，但可能，还有点道理。

我喜欢吃，吃有意思。至于吃什么，我并不在意。我生活在广东，吃这方面，广东人的声誉不太好，总觉得广东人吃得没有禁忌，过于放肆了，有些不尊重大自然的意思。辩驳就不需要了，明知道论不清楚的道理还要去论一论，和傻子无异。入粤近二十载，我的食材清单当然大大丰富了。无论如何丰富，我有自我的禁忌。比如说猫，没有人告诉我不可以吃猫，我也没有信仰上的冲突，也不养宠物。但是，在我看来，猫是有灵性的。"灵性"这个词恐怕只有两湖人士能够准确理解，这里的"灵"和"魂灵"接近，而不是"聪明""机灵"的意思。同时还有阴邪、神秘、巫气的含义。猫的灵性让我心存恐惧，这是自然的禁忌，也是心理的作用。龙虎斗、龙虎凤这些菜我是不吃的，也是奇怪，我在餐桌上见过各种意外的食材，却从没有见过猫，而这在广东，并不是多么难得一见，只能说也是天意吧。有段时间，小区里面野猫甚多。后来，眼见得少了，我还以为是物业下了功夫。了解之后才知道，有位老人专门抓了野猫去卖，物业劝他不要这么做，都不起作用,他还是执意要抓了野猫去卖。再碰到那位老人,我总觉得他身上散发出异样的气息,只好敬而远之,连他的面也不想看到了。在我的朋友圈,吃猫的不在少数,生活中他们都是平和有理的人,和我不同的是他们没有对猫的禁忌。对他们来说,猫和鱼没有本质上的差别,只是一个更常见,一个少见一点而已。我想象过,如果有一天,朋友们一起吃饭,趁我不注意,他们上了一个龙虎斗,而我在不经意中吃下,我会怎样?我想,我可能不会愤怒,顶多,我不再把筷子伸向那里。我甚至可能还会和朋友们开开玩笑,委婉地提醒他们,尽管你们让我拓宽了食材领域,但我还是希望以后别那么做,我确实有点介意。我想,我绝不会有任何的生理反应,比如身体抽搐、呕吐等等,我的介意还没有达到那种程度。我看过一部电影,介绍印度天才数学家拉马努金,里面有一个细节:他是个素食者。在英国剑桥大学期间,他能选择的食物少得可怜。有次,他的同学开玩笑,说他的素食罐头也有动物成分。一听完,他迅速跑到洗手间,他恶心呕吐的样子让我震惊。如此强烈的生理反应,恐怕不是科学能够解释的。

我见过一次类似的场景。那是在西安,咸阳国际机场,我要从西安飞珠海,时间还早,还有足够的时间吃点东西。在陕西几天,行程非常愉快,吃得也开心。去吃羊肉泡馍那天,大清早,朋友们来接我,那是西安最著名的羊肉泡馍店,名字我已经忘了。据说，那是陈忠实先生生前最喜欢的店。每次去之前，都要让朋友帮忙订位置。去得晚了，大厅也难得找位置了。前晚酒喝得太多了，我脑子雾气一团，全然没有食欲，可我还是振作精神。无论如何，我不能辜负朋友的好意。朋友告诉我，在西安吃羊肉泡馍，类似广东人喝早茶，那些茶点固然重要，但闲工夫才是最要紧的。馍端了上来，边上还有一个粗瓷大碗。我掰了几块，朋友提醒说，你这样掰馍，厨房师傅都看不起你，也不会认真给你做，一看就是外行，不懂规矩。馍要掰得细碎，米粒大小最好。两个馍，闲聊中终于掰完。我特别交代师傅，麻烦多给我点汤。酒气还未散尽，肠内皆是浊气，我需要一碗热汤让我还过魂魄。羊肉泡馍端上来了，汤远比我想象的少。味道？我哪能记得。我只记得，我尽力吃了大半碗，朋友的好意，我必须心领。第二天，我回过神来，后悔得不成样子。一碗正宗地道的羊肉泡馍，离我远去。下一碗在哪儿，何时？已成未知数。我想，我应该珍惜还在陕西的时光，哪怕只是在机场餐厅。没有找到羊肉泡馍，那就来碗刀削面，再加两个肉夹馍，也算有了意思。面上了，汤热，面地道，好哇。至于肉夹馍，也是该有的样子。我吃得大汗淋漓，舒服，人也精神了。就在我埋头大干之际，突然，一声大喝惊得我面碗一震。只见离我两张桌子的位置，一个大汉憋红了脸，大喝之后，他一把将面碗和肉夹馍扫到地上，愤怒让他说话结结巴巴，吐字不清。他艰难地吐出几个字，你们，你，这是什么东西，什么东西？服务员连忙说，怎么了，这不是你点的吗？大汉指着服务员，什么肉，不干净，什么肉？他愤怒地举起双臂，我说得不清楚吗，你给我的什么肉？服务员还在尽力安抚大汉的情绪。瞬间，我明白了，那个肉夹馍不对。看着手上的肉夹馍，我一时不知如何是好。我要的牛肉刀削肉夹馍正是让大汉愤怒到哽咽的那种。巨大的冲突感向我袭来，它的烈度远远超出了我的想象。服务员说，我退你钱，都退你，连面钱一起。大汉吼道，这是钱的问题吗？他愤怒地走出餐厅。残存的理智让他没有采取进一步的行动，他的背影像是藏着一吨炸药。我从没见过一个人在公开场合如此愤怒，从来没有。他的受辱感，真真切切，毫无隐藏。飞往珠海的飞机上，我脑子里一直闪现着大汉的身影，他通红的脸，紫胀的脖子。他像一座孤岛，对孤岛外的一切，他无权干涉，但不能容忍对孤岛的一丝侵犯，这是他作为人的尊严。这，并不容易。

　　食物从来不是用来充饥那么简单，它不仅是情感对象，也是价值对象。尽管有些害怕和担心，我还是决定谈谈这个话题。（狗是人类的朋友，我也是人类的朋友。如果，可能愤怒的读者，你认为我一个普通的人类，还有和狗一样的权利，那么，像对待你的狗一样对待我吧。）不止一次，有朋友说，我绝不和吃狗肉的人做朋友。这些年，这么说的朋友越来越多。我有些紧张。我吃过狗肉，很难说以后一定就不吃了。我并没有对狗肉的特殊偏好，就像我没有对猪肉的偏好一样。在生活中，尤其是人多的场合，我不大敢承认我接受吃狗肉这个事实，尽管我不认为这么说有什么过错。这是一种不合理的胆怯，与其说它来自内心的愧疚，不如说来自爱狗人士的压力。如果，我们稍稍理性一点，也许会发现，在爱狗运动中，采取暴力的多是爱狗人士那一方。这种暴力包括肢体暴力、语言暴力和道德暴力。甚至，一个吃狗肉的人被剥夺了爱狗的权利。如果你爱狗，你怎么可能吃狗肉？即使我们承认这个逻辑成立，那么，不爱狗呢？我不喜欢的事情，是不是别人也不可以做？我认为我没有这个权利。几乎没有一个爱狗人士会接受这种解释。事实上，我已经不敢在公开场合说我吃狗肉了。我感受过那种力量的强大，为了一点口腹之欲，承担那种风险显然没有必要。我不吃，并不表示我认为那是对的。我也看到，出于观念的分歧，有些地方，比如广西玉林，有些原本不吃狗肉的当地人也加入了吃狗肉的队伍，像是宣战和回击。这是一种无法调和的矛盾，狗肉像是一个象征，它背后有太多值得思考的东西。我有一个朋友，不吃牛肉。知道他的习惯之后，只要有他在场，朋友们绝不会点牛肉。尽管，他并不反对朋友们吃牛肉。问及原因，他谈起一件往事。那时，他还小，见过一次杀牛。他说，他看到了牛的眼泪。一瞬间，他被击中，从此，他再也没有吃过牛肉。诗人雷平阳写过一首诗《杀狗的过程》，诗有点长，我把它照录在这里：

这应该是杀狗的
唯一方式。今天早上 10 点 25 分
在金鼎山农贸市场 3 单元
靠南的最后一个铺面前的空地上
一条狗依偎在主人的脚边，它抬着头
望着繁忙的交易区，偶尔，伸出
长长的舌头，舔一下主人的裤管
主人也用手抚摸着它的头
仿佛在为远行的孩子理顺衣领
可是，这温暖的场景并没有持续多久
主人将它的头揽进怀里
一把长长的刀叶就送进了
它的脖子。它叫着，脖子上
像系上了一条红领巾，迅速地
窜到了店铺旁的柴堆里……
主人向它招了招手，它又爬了回来
继续依偎在主人的脚边，身体
有些抖。主人又摸了摸它的头
仿佛为受伤的孩子，清洗伤疤
但是，这也是一瞬而逝的温情

主人的刀,再一次戳进了它的脖子

力道和位置,与前次毫无区别

它叫着,脖子上像插上了

一杆红颜色的小旗子,力不从心地

窜到了店铺旁的柴堆里

主人向它招了招手,它又爬了回来

——如此重复了5次,它才死在

爬向主人的路上。它的血迹

让它体味到了消亡的魔力

11点20分,主人开始叫卖

因为等待,许多围观的人

还在谈论着它一次比一次减少

的抖,和它那痉挛的脊背

说它像一个回家奔丧的游子

　　这首诗写得如此残忍,让人不敢直视。我记得有人在文章里写过,他看过这首诗后,浑身不寒而栗。以一个学者的严谨,写文章之前,他本应再核对一次原诗,以保证引文的准确。他放弃了,潦草地描述了诗中的意思,他不想再看这首诗第二遍。他并不是唯一的一个。有好几个朋友谈起这首诗后说,这首诗让他们断绝了吃狗肉的念头。如果真有"爱狗大使"这个称号,我建议授予雷平阳,他用最残忍的方式唤醒了人类内心深处的怜悯，而不是简单的暴力。我也发现，我素食或者忌口的朋友，除开少数因为身体原因，多是因为观念或者偶然事件的触动。他们没有侵犯性的举止，只是告诉大家，我如此，请理解。如果说食物也是价值对象，我希望我有自由思考和选择的权利，而不是屈服于暴力。我对食物并无特别的偏好。

看《海底总动员》，里面的大鲨鱼有句话："鱼类是朋友，不是食物。"这自然是动画片的理想主义。人类对食物的选择有着漫长的进化史，在这个过程中，除开口味，也伴随着文明的发展。远古时代，几乎每个种族都有过食人史，这是不争的事实。随着文明的进步，食人被认为是残忍的、丧失人性的，这也成为全人类共同的禁忌。乌干达前总统阿明令人发指的罪行之中，有一项就是吃人，这挑战了当代文明的底线。一个时代，一个地方一旦发生了群体性食人事件，通常会被认为这是社会极度崩溃的表现。"易子而食"这个词远比我们想象的还要残忍。人类文明的进步，也体现在对食物的态度上。当下，虐食怕是已经很难让人接受。至少，我无法接受。著名的虐食我知道几个。比如三叫，有的地方也叫三吱，叫法不同，描述的状况大体相似。说是取刚出生的小老鼠，摆一个酱料，伸筷子夹住小老鼠，叫第一声；把小老鼠蘸进酱料，叫第二声；放嘴里准备咬时叫第三声。生吃小老鼠和生吃章鱼仔性质大致类似，生吃章鱼仔恐怕很少有人会认为这是虐食，也没什么心理负担，只有敢不敢的问题。生吃小老鼠就不一样了，老鼠固然是四害之一，面对它的幼崽，还是难免心生怜悯之心——这还是个孩子啊。再且，一生即死，是不是太残忍了？就算是四害之一，好歹也让它吃口东西再死。三叫之虐，虐在幼小。再说第二个，牛还是驴不限，做法也类似，将其四肢陷入穴中，总之，让它不得动弹。然后，看中哪一块肉，快刀去皮，用开水浇淋，割而食之。这场面，想来都让人觉得恐怖。再说猴脑，据说猴脑要活着吃才是正道。取活猴一只，先将其激怒，说是激怒的猴子脑部更为活跃，风味更佳。捆绑之后，置于桌下，桌上开一小洞，将猴子头部探出，加以固定，去头皮，敲开头盖骨，如豆腐花般的猴脑便呈现在食客面前。猴子长得太像人，活食猴脑，很容易让人产生同类相食的联想。这三种虐食，我只听说，从未亲见。问过几个著名的食客，都说以前可能还有人这么干，现在怕是绝迹了。绝迹了好。有些东西，并非不可食，在方式上还是文明些好。哪怕，这种文明看起来有些虚伪，那也比没有的好。《孟子·梁惠王章句上》说"君子远庖厨"，表达的是类似的意思，见杀生总不是什么愉快的事情。虐杀，那就更不合适了。这点仁爱和怜悯之心，推动了人类文明的发展。

谈吃，自然要谈到味觉。有句话说得好，味觉也是有记忆的。我甚至觉得，味觉等同于童年。在文学领域，不少著名作家都说过类似的话，一个作家所有的写作，不过是童年记忆罢了。这句话的意思是说，一个作家的童年记忆决定了他的写作方式及世界观。味觉，比写作来得更加直接。我有很多朋友，在广东生活多年，粤菜自然也是喜爱的，却难以影响他们的味觉，更不构成他们日常生活的主流。在他们看来，依然是童年那些常见的食物，最好那才是天下最好的美味。我有位朋友，来自河南。某天，他兴奋地告诉我，马老师，我告诉你一个地方，那里有全中山最好的胡辣汤。尽管，还不够地道，但已经非常好了，真的，你去试试。他告诉我这个让他兴奋的消息时，可能忘记了我并不是河南人，对胡辣汤并无他想象的热情。见我没有反应，他按捺不住了，马老师，你在哪里？我开车来接你，吃过你就知道了。这个热情的河南人，开着车，穿过半个中山，来到我楼下，只为了带我去喝一碗胡辣汤，他心目中的至味。穿过大街小巷，车在一个狭窄的街道口停了下来，我们沿着巷子往里走。终于，我们在一个破旧的小店面前坐了下来。小店门口摆了三四张小方桌、几个红色的塑料矮凳。他坐在我对面，又兴奋又忐忑，马老师，这是我在广东多年喝过的最好的胡辣汤。胡辣汤端了上来，他热切地看着我，等我把第一口胡辣汤送进嘴里，吞下。他略带紧张地问我，怎样，是不是特别好？可是，亲爱的朋友，我一个湖北人，我哪里知道正宗的胡辣汤什么味道，我哪里知道它好不好？面对他期待的眼神，我只能说一句，太牛×了,这是我喝过的最好的胡辣汤。他心满意足的样子让我想起湖北的莲藕排骨汤。马老师,要是喝了酒,第二天一早干一碗胡辣汤,太舒服了。他说,我来过好几次了,这玩意儿好啊。在广东这么多年,广东那么多的汤水,也比不上一碗胡辣汤。相比河南人,湖南人的味觉更加顽固。在珠三角这个闻辣色变的地方,我还没有见过一个放弃了辣椒的湖南人。这点,我理解。

我有不理解的地方。相信人们都有过类似的经历。一群人围在一起,酒足饭饱之后,回忆起童年的食物,都美若甘霖。啊,鸡是鸡的味道,鸭是鸭的味道,青菜是青菜的味道,鱼是鱼的味道。甚至,连米饭都是那么的芳香。不光美味,还无比的健康、自然、原生态。有时,我看着我身边这群广义的同龄人,这群多是来自乡下的孩子,我怀疑我和他们不是生活在同一个国家。回忆起童年,厨房里难得地散发出鸡汤美妙的香味,桌上有鱼,那确实是童年最美好的记忆。我甚至还能记起当时的感受,如此幸福,如此满足。这种幸福感和满足感,真的是再也找不到了。即便如此,我依然对它的美味和健康抱有极大的怀疑。我记忆中的乡村,一到禾苗出穗的季节,漫天的蝗虫也长大了,它们永远饥饿的肚子像是想把所有的绿色吃光。人从稻田中走过,一群一群的蝗虫受到了惊吓,"嘭"地飞舞起来,撞到人的脸上、头上、光着的腿上,针扎一般的疼。为了消灭这些害虫,乡下的农人一遍又一遍地打农药。家家户户都是如此，如果有人胆敢不打农药，蝗虫会毫不客气地把禾苗啃个精光。不光禾苗，菜地同样如此。虫害太厉害了，也不知道天地之间为什么可以生出这么多的害虫。那时的农药有多厉害，不用我多说了，每家每户都得小心翼翼地藏起来，万一被调皮的小孩子误喝了，那可不是闹着玩儿的。不光农药，化肥用得一年比一年重，整个夏天，屋子里总是弥漫着化肥刺鼻的味道。如果，朋友们的家乡也是如此，那么，所谓自然和健康从哪里来？这确实是一个不美好的追问，它粉碎了一些东西。有时候，我们的味觉记忆，甚至我们认为理所当然的东西，并没有那么真实可靠。记忆在修复的过程中，强化和删除了一些东西，让记忆看起来更加真实，更加可信，很多所谓的真相只是我们愿意相信的东西罢了。所谓美好，不过匮乏；所谓今不如昔，不过足裕。这点道理，《芋老人传》中讲过："犹是芋也，而向之香且甘者，非调和之有异，时、位之移入也。"我们，都是那位举箸又放下叹息的相国。

我们的身体，沉重的肉身，依靠食物获得滋养。这沉重而甜美的负担，总是让人纠结。我幻想过很多次，如果人类的肉身不需要食物的滋养，那么，世界会不会美好很多，会不会没有战争，没有掠夺，每个人都沉浸于纯粹的精神生活？后来，我发现，我幻想的是神的国度。在神的国度，没有肉身，所有肉身的形象不过是显现的形式，神可以用任何一种形式显现。即便在那个不需要食物的世界，人类依然用食物供养着众神。此时，食物不再是必需品，而是深刻的敬意。而我们，必须依赖食物活着，食物便是肉身重负的十字架。这世上有那么多的食物，为了限制欲望，或者制定某种规范，食物和发式、衣着一样有了特别的含义，它成为区分不同文化的标志之一。老虎和狮子，它们有着最原始的食谱，它们完全尊重自然的原则。人类则不然，人类的食谱，来自人类的自我限定，它区分了人和其他动物，也保留了和神的间距。我想起了卡夫卡在《饥饿艺术家》中的一句话："因为我找不到适合自己口味的食物。假如我找到这样的食物，请相信，我不会这样惊动视听，并像你和大家一样，吃得饱饱的。"这是卡夫卡的孤独，也是全人类的孤独。他为什么找不到合口的食物？

生如败笔

　　很久以前，我读过一本书，很薄，作者的名字不大熟悉，书也鲜见提及，想必也是不畅销。把书从书架上拿下来翻开，果然和记忆中的样子差不多。封面素净，一个大胖子的侧面剪影，肚子蛮横地向前方挤开来，背后留下一块三角。大衣过了膝盖，和上身比起来，小腿显得细瘦，像是承不住来自上面的重压。还在小时候，听过一个故事，讲裁缝的手艺。说是有个妙手裁缝，他做的衣服总是得体，合人身形。有人请教，他自然不会说。儿子跟他学艺，数年之后，总还是差那么点意思。裁缝也不急，耐心等着，儿子还是没有长进。裁缝实在急了，问儿子，你看这些人，有没有什么不同？儿子说，没什么不同，再说，有什么不同又何如？我们都是量体裁衣。裁缝见儿子还不开窍，只得说，你只看到了形体，没有看到人的精神。你看那些春风得意、志得意满的人与失魂落魄的人有何差别？儿子还是不解。裁缝说，春风得意的挺着肚子，步态张扬，人一失意，连腰都弯了。儿子问，这又如何？见儿子还不明白，裁缝只得详加解释，量体时他们都站得标准，穿上走动时就不一样了，你得把前后那点空间留出来，不能仅就着量出来的死尺寸。道理一说百通。书封上这人，看上去早已过了中年，肚子挺挺，双手后背，想必是春风得意的。这和书中的主角，按说也是契合的。又看了作者的名字：谢尔盖·叶辛。我读书少，这个人的名字以前没有听过。看看简介，他当过高尔基文学院院长，著有《角斗士》《间谍》等作品，算得上成功人士吧。我要谈的是他的另一本书，《模仿者》，这是本让人悲伤的书。

　　面对艺术，我常常感到哀伤，这种哀伤源于人类最本质的同情。除开艺术这个领域，几乎一切成功都可以凭借努力和机遇获得，而在艺术的天空中，你要成为最灿烂的那颗星，仅靠努力和机遇是远远不够的。艺术更偏爱那些具有天赋的人，比如故事中的那个裁缝。我一直坚定地认为，最优秀的艺术家一定是具有天赋的，他们更多地凭借直觉，而不是冥思苦想。这么说可能有些残忍，我们的艺术家更多的是二流或三流，真正一流的艺术家是罕见的。成为二三流的艺术家，依靠后天的努力和机遇完全可能，因为他们都是模仿者。

　　我不知道艺术家有没有过这样的感受，当我们面对伟大的作品时，一种深刻的绝望在瞬间侵蚀了我们的内心，它的准确、细腻和完美如此地震撼人心。当我们努力搜索的一根线条或者一个词语，被那些艺术的宠儿以漫不经心的形式表现出来，我们才知道我们所感受到而无力表达的部分，其实如此简单。当这种形式被创造出来，模仿或者重复是简单的，但那已经没有任何意义。伟大的艺术家是属于创造的，模仿者只能是可耻的工匠。面对伟大作品的绝望和自卑也许只属于少数具有自省意识的艺术家，更多的艺术家甚至缺少自省的能力。我曾经想过要深入研究艺术家的自卑心理，后来放弃了这个想法，因为我在一本书中看到萨特是自卑的。如果萨特也是自卑的，那么自卑应该成为一个优秀艺术家的日常心理。生活如此丰富，是人类想象力的总和，而作为一个个体，不可能穷尽人类想象力之海。

对一个模仿者，我们能表现出什么？嘲笑，讽刺还是同情？更多的时候，我愿意选择同情。在谢尔盖·叶辛的《模仿者》中，我们看到了一个成功的模仿者谢米拉耶夫，他当上了美术馆馆长，取得了世俗意义上的成功。在一个国家项目的竞争中，他被自己的女儿和准女婿打败。我们在作者的字里行间能读到讽刺和嘲弄，在译本前言中，张秉衡老师也说尽了谢米拉耶夫的坏话，追名逐利、妒贤嫉能、弄虚作假、老谋深算这些贬义词慷慨地用到了谢米拉耶夫的身上。然而透过这些词，我看到了更多的悲哀和失落。在小说中，谢尔盖·叶辛花了大量的笔墨写了谢米拉耶夫的出身和成名史，那是多么悲惨的人生啊！一个小人物，要成为一个世俗意义上的成功者，他几乎付出了一生的努力和尊严，把同学用在泡吧、勾引女孩子的时间都用在了对艺术品的临摹上。这些付出让他具备了鉴赏和修改艺术精品的能力，他唯一缺乏的是创造力。为了画好人像，他拍摄模特的姿态，通过大量的照片发掘模特最动人的一面。他并没有抄袭，只是借助了照相机这个工具。在真正的艺术家眼中，这是没有创造力的表现，甚至他的女儿也因此而鄙视他。为了完成国家项目，争取准女婿——也是他的学生——的支持，他甚至屈尊为准女婿母亲的丧事操心，表现堪称尽善尽美。读到那一段的时候，我的内心是悲凉的，在艺术面前，人与人的关系是如此的残酷。那些艺术的宠儿凭借天赋羞辱着他们的父亲。

在我看来，谢米拉耶夫具有相当的自省意识，他深知自己的缺陷和优点，也并不否认。他的舞蹈家妻子，一个另一种意义上的模仿者，在死前对他说："我丧失了生活的兴趣。我奋斗得太累了。尤拉，我的天赋是非常微薄的。"这是一件多么让人心酸的事。艺术比生活更残忍。也许我们应该想想，我们是否有权利这样嘲笑他们，他们的孤独和苦是否能有人知道？在书中，我注意到一个有意思的细节，谢米拉耶夫两次写到乌鸦，他最喜欢的鸟。第一次，他说道："我从未见到乌鸦成对儿飞行。它们也未必成对儿生活吧？春天、夏天和秋天，它吃力地掮动翅膀，像一道沉重的闪电，劈开蓝天,去搜寻自己的那份猎物……"第二次出现在结尾,是简短的一句"我安慰自己,乌鸦是大自然的清洁工"。我想,乌鸦大概可以用来形象地概括谢米拉耶夫对他自己的认识。他深知,在艺术的天空,他只是一只乌鸦,一只艰难的益鸟。

俄罗斯传统文学一直具有强大的自我反省和批判意识,通过这些厚实的文字,我们能感觉到一个强大的灵魂。在我们这个时代,强大和诚实已经成为稀缺的品质了,一个过于迷恋风花雪月的时代,一个民族的精神也是贫瘠和虚弱的。《模仿者》也许并不是一部伟大的作品,它的叙事形式在一定程度上阻碍了阅读。而且,在某些细节的处理上略微显得简单和主题先行,目的过于明显而让读者缺少回味的空间。但在我的观念中,这部作品的成功之处在于,它交代了谢米拉耶夫的心理根源,带着怜悯的姿态来看待这一切,使得这部作品在批判之余具有了人性的温度。他的同情像是一声叹息,似乎在告诉我们,在艺术的世界里,才华是唯一的通行证。

读完这本书,我非常伤感,我想到我自己,我何尝不是那只乌鸦,一只艰难的益鸟。诗人张执浩在访谈和文章中都说道:"我靠败笔为生,居然乐此不疲。"这不仅仅是自谦,我想也是意识到了某种深刻的无力。作为一个诗人,在天才的群星照耀之下,在无尽的传统之中,但凡有所敬畏,难免会自觉失败。一个以败笔为生的人,却乐此不疲,他从早到晚推动一块巨石，这是悲剧，也是深沉的喜悦。如果没有这块巨石，一切都将失去意义。

我体会过这种绝望和喜悦。由于某种不可描述的机缘，我对绘画产生了兴趣。那是三十多年前的事了。那时，我在一所乡村中学念书，我们学校来了一个老师，刚从师范学校毕业。他长得高大、帅气，也极其严厉。很奇怪，他不过是个二十来岁的年轻人，应该是贪玩任性的，他的严厉超出了他的年龄。他们那一批分来的新老师，他是最严厉的一个。其他老师，即使生硬地板着脸，依然会有孩子气的一面。我初一的数学老师和他同期报到，爱笑，身材娇小，据说家里真的有矿。有天，班上有个同学剃了光头，他迟到了。站在教室门口，他喊"报告"。我们可爱的数学老师，先是好奇地看着他，没有说"进来"，也没有批评他。她只是睁大眼睛看着他，强忍着憋不住的笑。终于，她跑到教室外面，发出一连串"哈哈哈""哈哈哈"的大笑。笑完了，她走进教室，让那同学进来。等那同学坐下，她又盯着那位同学看，连正在讲的习题也不讲了。看了几秒，她再次跑出教室，哈哈大笑。如此三次，她终于停了下来，告诉那位同学，他的光头实在太搞笑了。那不过是一个普通的光头罢了，我们都被数学老师的笑弄得莫名其妙，这到底有什么好笑的？和数学老师相比，他不爱笑，总是板着脸。他姓冷，同学们给他取了个外号，左冷禅。他不光严厉，据说还阴险，喜欢偷偷在教室窗外看有哪些同学没有认真学习。被他抓到了，一顿打跑不脱了。因为严厉，学生并不喜欢他。只要天晴，每个傍晚，吃过晚饭，冷老师会和其他老师打篮球。那是同学们最喜欢的时段。冷老师热爱篮球，动作堪称漂亮，遗憾的是他总是被人抢断、盖帽，投篮的命中率也低得可怜。他的每一次投篮都会引起同学们大片的嘘声。即使他偶尔投进了，惊讶的叫喊声其实也是另一种嘘声。有时，打完篮球，其他老师都散了，只有冷老师还在练习三步上篮、罚球区投篮、三分线投篮。他勤奋如此，还是一次次被人抢断、盖帽，一次次充当篮球场上被人取笑的角色。和他华丽而没有效率的篮球技术相比，他的画画得不错，尤其是素描。他的单身宿舍，雪白的墙面上挂着他的素描。

冷老师大概留意到了吧。每次经过他宿舍，我总会走得慢一些，偷偷看看他的画。有天，他叫住我问，你喜欢画画？我说，我不知道，我没有画过画。他说，你要是喜欢，周末你到学校来，我给你讲讲。周末，我起得很早。去到学校，冷老师早已将宿舍收拾好，他简单给我讲解了什么叫素描。然后，拿出一把铅笔说，你先要认识铅笔。你看，上面写着 H 的表示硬铅，画出来颜色淡一些。说完，拿着铅笔在纸上画了一下。H 前面的数字越大，就越硬，颜色也越淡。B 表示软铅，颜色重一些。一样的道理，数字越大，颜色越重。他把铅笔递给我说，你画着看看，感觉一下差别。过了一会儿，他又拿起一支铅笔说，想学画画，先要学会削铅笔和握笔，不同的笔头画出的线条完全不同，握笔的角度也会产生很大的影响。老天做证，那天对我产生的影响延续至今。此前，我哪里知道铅笔还分软硬，我以为全天下的铅笔都是一样的。冷老师说，你先去买铅笔吧。第二天，我步行三个小时，去了最近的镇上。在镇上的新华书店里，我第一次看到了不同型号的铅笔。买了一大把铅笔，回来的路上，我像是一个掌握了秘密的少年，好像那把铅笔将带我去另一个地方。路边熟悉的风景，有了令人惊异的陌生感，天地之间突然有了新意。我像是看到一个新的世界向我打开了大门，而我手里的铅笔，则是通往另一个世界的签证。"艺术"这个词，变得具体而真实，我因为即将接近艺术而感到惊喜。这种喜悦，我一生中最值得怀念的高潮，从未离我远去。每一支笔都像一个神秘的符号，这种符号，由于未知而具有神圣的色彩。至今，想起那一幕，我依然会为我的天真骄傲。我怎么会认定那把铅笔将引导我进入艺术？

　　这并不是最荒唐的事，我还做过比这更荒唐的。后来，我在余华《音乐影响了我的写作》中看到，他也做过类似的事。余华写得准确生动，我就不再浪费笔墨了。"可是那些简谱，我根本不知道它们在干什么，我只知道我所熟悉的那些歌一旦印刷下来就是这副模样，稀奇古怪地躺在纸上，暗暗讲述着声音的故事。无知构成了神秘，然后成了召唤，我确实被深深地吸引了,而且勾引出了我创作的欲望。我丝毫没有去学习这些简谱的想法,直接就是利用它们的形状开始了我的音乐写作,这肯定是我一生里唯一的一次音乐写作。""有时候,我会突然怀念起自己十五岁时的作品,那些写满了一本作业簿的混乱的简谱,我不知道什么时候丢掉了它,它的消失会让我偶尔唤起一些伤感。我在过去的生活中失去了很多,是因为我不知道失去的重要,我心想在今后的生活里仍会如此。如果那本作业簿还存在的话,我希望有一天能够获得演奏,那将是什么样的声音?胡乱的节拍,随心所欲的音符,最高音和最低音就在一起,而且不会有过渡,就像山峰没有坡度就直接进入峡谷一样。我可能将这个世界上最没有理由在一起的音节安排到了一起,如果演奏出来,我相信那将是最令人不安的声音。"这是一种不可思议的召唤,我们像是听到了一个声音,它从内心深处传来,让你相信一切皆有可能。这是一种荒唐的、激情的败笔,它的到来汹涌有力。甚至,还有神示般的荒谬力量。

我相信我的那把铅笔,它们并没有制造奇迹,只留下了热爱。那个难忘的夏天,我像发疯一样爱上了绘画。很快,我不再满足于素描,国画和水彩都进入了我的房间。我从一个对绘画一无所知的乡下孩童,变成了狂热的艺术爱好者。两年过去,我以为我已经做得很好了,我甚至认为我是一个有绘画天才的人。包括冷老师、父亲的同事、看过我画画的亲戚和乡人，都认为我可能会成为画家。我甚至在考虑，要不要把考北大的目标改成考中央美院。我的梦想在另一个夏天粉碎，它来得猝不及防。姐姐带了同学回来，同学的父亲是位乡村画家。姐姐同学看过我的画说，画得不错，挺好的。她的轻慢让我有些生气，难道仅仅是不错？过了些天，姐姐从同学家回来，给我带回了一堆乡村画家的草稿。看到那些草稿，我才意识到，我画的那些东西，不过类似余华老师写过的那本作业簿，它只是一堆无用的激情，没有任何价值可言。而我，并没有任何艺术上的天赋。一个乡村画家，通过他朴素的作品提醒了脑袋过热的少年，让他意识到他的无知和傲慢是多么荒唐。等我见过一些艺术史上的经典作品，我意识到乡村画家并没有过人的天赋，但足以击败我。和他比起来，我是一个更没有天赋的人。意识到这一点虽然并不让人愉快，却有着理性的价值。如果只是热爱，败笔不光可以宽容，它甚至还是必要的。没有败笔，热爱是值得怀疑的。即便是败笔，我还是舍不得扔掉那些粗糙的画稿，我带着它们沿着铁路线搬迁。多年以后，我常常想起那些画稿，我想再看看它们。甚至，我还怀有莫名的侥幸，也许它们没有我想象的那么糟。我问过父母，我中学时代的那些画稿还在吗？大约是弄丢了。这么多年，一次次的搬迁，它们的价值随着岁月逐渐消减，抵不过一张床垫和粗瓷饭碗。做不了画家，即使有些遗憾，在败笔的训练中，我还是构建了我的审美。

有一年,在维也纳艺术博物馆,我站在勃鲁盖尔的《雪中猎人》面前,内心的激动无以复加。勃鲁盖尔是十六世纪尼德兰地区最伟大的画家,一生以农村生活为艺术创作题材。他笔下的乡村生活深刻地打动了我,尤其是著名的《雪中猎人》,它表明全世界的雪和猎狗都具有精神上的相似性。多少个雪夜,我看着窗外,树木和雪地,宁静肃穆。大雪落定,人渐渐多起来,呼叫和喜悦穿过寒冷的空气,在树梢和湖面荡漾。我见过那种美,它激荡在我心中,却无法言说和表现。我不止一次地想象,如果我是个高明的画家,该如何描绘这个场景。第一次看到《雪中猎人》,我知道,它完美地表现了我理想中的大雪覆盖的乡村,每一笔都准确而美妙,透露出清冷的气息。那时,我还没有想过,有一天我会站在原作面前,那么近距离地膜拜它。我们在维也纳艺术博物馆的时间只有一个下午,还有别的行程在等待着我们。而且,那里的名画也不是只有这一幅。然而,当我看到《雪中猎人》,用欣喜若狂来形容怕是最贴切的了。我在那幅画面前徘徊了大半个小时,一次次想离开,又被吸回来,如此多次。那是一个完美的下午,我目前的人生没有几个下午比那个下午更美好。我知道,这是热爱给我的,没有热爱,美不存在,也无价值。我有一个热爱音乐的朋友,他对我描述过音乐给他的震撼。在他的观念中,没有什么比音乐更深刻、更触及灵魂,连语言都无法与之比拟。他在音乐中所体会到的我永远无法理解,但我知道,有些地方,别人去过但你一无所知,这有遗憾,也是人类精神的伟大之处。他想过学习钢琴,显然,那只能证明他的愚蠢。倾听和演奏,是两个完全不同的领域。我猜想,这是他渴望的愚蠢,在笨拙的演奏中,他像一个孩子,当他的手指在钢琴上演奏出第一个和声,他为这稚拙的创造而喜悦,也因此产生更多的敬畏。败笔让我们知道,完美的那一笔有多么艰难,那种神示般的力量又是多么强烈。我不为败笔羞愧,只愿意赞美创造的神秘。

就像宇宙没有确定的边界,败笔何尝不是如此。我所敬仰渴望的完美,在另一个人那里,不过是残破的败笔。我见过几个在我的理解范围之内有着确凿无疑才华的人,其中一个写小说。他很年轻时,遥远的论坛时代,他的每一部小说几乎都会引起惊叹。很快,他大学毕业,搁笔。有人问起,他说,在大师面前,我写的每一个字都是败笔。再问,他说如果不能写得更好,为什么我还要写作?这是天才的骄傲,也是愚蠢的骄傲,或者说逃避。按照这个逻辑,这个星球上,没有人配得上创造,所有人不过是另一个人的败笔。那将是多么荒凉、单调、万劫不复。我依然热爱绘画和书法。甚至,我并不宽敞的客厅还摆了宽大的书案,笔墨纸砚齐全。那张书案摆在那里,多半闲着。偶尔,酒后或者心动的时刻,我站在书案前随意涂画,我已经没有了焦虑。我不再为一笔一画焦灼,墨色的变化、层次、造型等等都和我没有关系。书案对我来说,如同旷野中的钢琴,即使无人演奏,那音乐就在其中。

　　我的酒友老谭,写诗,写毛笔字,他可能是非常好的诗人、书法家。无论写诗还是写毛笔字,对他来说,不过像是游戏,写完,发个朋友圈,这就了结了。去年,还是什么时候,他开始画画。对他来说,学什么都是容易的事。刚开始,我对他的画不以为意,痕迹太明显了,也过于草率粗鲁。不过一两个月,他的画有了神韵。再过几个月,有了自己的笔墨。现在,我已经不好评价。我很难准确表达对他的画的理解,我只知道,他早就轻松地画出了我想要的那一笔。那是我经过多年模仿、学习,却始终不能达到的一笔——笔墨世故,精神稚拙。对他来说,这再自然不过了,就像他喝酒,你们为什么早早就醉了?有意思的是他虽然知道自己聪明,却不敢肯定自己的才华,对他的书法和绘画,他既有大师的狂妄,又有凡俗的谦卑。这不矛盾,相反,好极了。我问过他,一幅画里,你能容忍几处败笔?他想了想,一处也不能。又补充道,几乎每一处都是败笔。这个回答,如同萨拉丁眼里的耶路撒冷。前段时间,他和几个朋友搞了一个画展。规模很小,民间性质,和他一起展览的都是以书画为业的专业人士。事后,他告诉我,他的画卖得最好,价格也高。这话里自然有得意的成分。他又说,买画的都是不懂画的,难道我苦心孤诣的作品,这么通俗,这么甜腻?这种焦灼怕是只有少数人才可以有。就像某作家所言"书卖得这么好,真是让人羞愧呀,都不好意思说自己是个严肃作家了"，太凡尔赛了。

　　没有创造就没有败笔，没有规则也没有败笔。关于人，人类的平等，有一个显而易见的事实：人类只有理论上的人格平等。即使取消一切制度上的不平等，在起源上已经是不平等的。每个人来到世上，不可能具有平等的智力、体格，这种先天的差异永远无法消除。无论东方还是西方，远古造人的传说中，都存在工艺上的不完美。有些人不过是泥点子，有些人则贵若黄金。神，也有败笔。不必再苛求了，也不必跪下，唯有巨大的激情才是真理。想起某一天，我拿起画笔的那一刻，有些东西早已注定。我从来没有想过，那一刻会如何到来，又将产生怎样的意义。微妙的一个瞬间，铸造了不可更改的形象。这随意而轻松的一笔，就此落下。它是起点和未知的路。作为造物主的败笔，我早已意识到我的命运。它不值得书写，却有着自然而迷人的过程。有一天终会落下的那一笔，它的完美不容置疑。它原谅了败笔一生的羞耻。

怜父帖

　　说说我的父亲吧。我认为他度过了不那么好的大半生，也许是绝大半生。他已七十六岁。对他来说，这个寿数已属意外。大约二十年前，他得了癌，我还记得那癌的名字，非何杰金氏恶性淋巴癌。之所以记得这么清楚，是因为听说这个名字后，我查了下资料，资料显示绝大多数病人熬不过两年。我也做好了和父亲永别的准备。我为他掉过泪。他还太年轻，三个孩子刚刚大学毕业，家里凄苦的经济状况正在改观，他却要死了。他这一生也太苦了。资料大体是不错的，父亲的病友一个接一个地离开病房，去了另一个没有痛苦，有着想象中美好的地方。目睹病友痛苦的经历之后，父亲决定放弃。化疗让他掉光了头发，身体也虚弱如纸片。征求过我们的意见之后，父亲离开了医院。他说，如果命中如此，就让我死在家里吧，在这种痛苦中度日，我一天也不想过了。我和姐妹有过短暂的徘徊，放弃治疗，在外人听起来特别不好，尤其是在父母为了供我们三人读大学吃尽了人间的苦头，也遭受过莫名其妙的羞辱这种背景之下。父母顶着压力让我们读高中，有人笑他，老李，你还想让你家出三个大学生吗？也不看看祖坟头有没有那股青烟。现在，我们都大学毕业，有了安稳的工作。让父亲放弃治疗回家，不但我们，父亲可能也会承担压力。人们会说，老李，你看，你供三个大学生有什么用，连给你治病都舍不得。人言可畏，我们都知道其中厉害。几经商量，我们决定尊重父亲的意见，哪怕我们被人骂成不肖子孙。庆幸老天有眼，从医院回到家里，父亲变得豁达了，他完全无视他的病情，除开例行的检查，他不再接受任何治疗，也不听从任何调养的建议，他过上了随心所欲的生活。例行检查从一月一次变成两月一次，接着变成半年一次、一年一次。再往后，父亲连检查都懒得做了。用他的话说，他已经熬过了该有的时间，无所谓了。几年之后，面对父亲的状况，母亲说，你爸当年是不是误诊了？这个怀疑我也有过，但很快放弃了，做过切片分析，误诊的可能性几乎没有。我们没有去追究是不是误诊的想法，对于我们来说，父亲活着，已是老天的恩赐。至于是不是误诊，那都是无关紧要的小事，重要的是父亲还活着。快二十年了，我们的父亲终于在岁月面前败下阵来。他听力不好，人也变得迟钝，更加沉默寡言。只有他的腰杆还像年轻时一样，挺得笔直，完全不像年近八十的老人。

我很难描述我对父亲的感受,我能够确信的是我并不爱他,更多的是尊敬。我理解的爱和心灵有关,我爱我的儿子、女儿,我还爱过部分的母亲,我相信我能理解和感受到什么是爱。我和父亲之间不存在这种奇妙而温暖的感情。我对他有着漫长而浓烈的同情。对父亲的青少年时期我知之甚少,只听母亲讲过一些零碎的片段。我想象过年少时的父亲,依据父亲年轻时的照片。照片上的父亲还没有结婚,瘦,可是精神,相当帅气,以至妻子看过父亲的照片后说,老爸比你帅好多。那是客观的评价。在那个年代,父亲真是个精神小伙儿。回想一下,那应该是父亲一生中最明媚的时光。二十五六岁的身体,充满活力,他摆脱了乡村,成为吃商品粮的人。他有了未婚妻,即将拥有自己的家庭。对一个近乎孤儿的乡下孩子来说,这堪称难得的奇遇,他的精气神因此而生动起来,满脸都是对生活的憧憬,对世界的热爱。我的父亲,我听过他几个故事,我不想重复,那让人心酸。我时常猜想,父亲看着这张照片,会有怎样的心理活动?我没有问过他。即使问,他也一定不会回答。我们之间的交流少得可怜。和母亲确定关系后,父亲给母亲写信,真是为难了这个才读了一年半小学的人。他的信总是充满错别字、病句。母亲给他回信,顺便给他修改他寄来的信中的错别字、病句。用母亲后来的话说,你爸认识的那几个字,还不都是我教给他的。母亲读过初中,拿到了初中毕业证,尽管真正在校学习的时间其实只有短短一年。初中毕业证让母亲骄傲，她始终视自己为读书人，和普通的农妇有着本质的区别。这点骄傲之心，既制约着母亲和人交往，也让父亲处于忍让的位置。以我这么多年的观察，在他们的关系中，父亲地位卑微。我从未听过父亲大声和母亲说话，这么多年，一次都没有。他始终沉默着，忍受母亲的各种唠叨和不满。在母亲的观念中，父亲除开为人善良老实，几乎一无是处。就连善良老实，"那又有什么用呢？除了吃亏"。

父亲常年在外，母亲独自在家带着三个孩子。对我们来说，父亲更像一个月回家一次的客人，和这个家庭没什么关系。母亲的渲染，更加强调了我们的这种印象。父亲的沉默和冷淡，让我厌恶父亲。每次他回家，对我来说都像是一场灾难。我总是熬到很晚才回家，吃完饭赶紧睡觉，一早就去上学或者跑出去玩。我不想看到他。偶尔，父亲想和我说话，看到我抗拒的姿态，也只有一声叹息。现在，我四十多岁了，留在我记忆中和父亲在一起的温暖画面，永远只有一个。那是在我六七岁的时候吧。由于母亲的病情，我们短暂地搬到铁路工区，和父亲住在一起。我也转学到附近的铁矿子弟学校借读。为了鼓励我，父亲说，如果你数学考一百分，我给你奖励。奖励里面的想象空间鼓励了我，几次测试之后，我拿到了人生中第一个一百分。把试卷给父亲看，我忐忑又害怕，我害怕他忘记了他说的话。父亲没有忘记。第二天一早，他带着我去镇上。和往常一样，他走在前面，我紧紧跟着他。突然，他停了下来，牵住了我的手。直到今天，我还记得我当时的惶恐和紧张，我不知道发生了什么。这个动作对我来说太过陌生，父亲对我的亲昵，让我害怕。那天，父亲给我买了一支自动铅笔盒，还有一双袜子。那是我第一次收到礼物。对一个乡下孩子来说，哪里还有礼物这种东西。这依然没有改变我对父亲的态度，我始终和他保持着谨慎的距离。这种距离让我觉得安全。我更愿意相信母亲，她在我成年前给我的爱毋庸置疑。母亲给我讲过一个小故事，那个故事让我稍稍理解了一点父亲，但那也是我成年之后的事情了。我在散花洲出生，那里并不是我的家乡，母亲出生在那里。我出生后几天，父亲终于来了。他看着母亲怀里的我，对母亲说，他们都羡慕我，说我儿女双全。父亲说的"他们"指他的工友，父亲的第一个孩子是我的姐姐。过了一会儿，父亲看着我对母亲说，我都不想去上班了，我有两个这么好的孩子。母亲说，你不能不上班，不然怎么养活你两个孩子。母亲第一次给我讲这个故事时，我还没有结婚。听完我就笑了，觉得母亲的回答太煞风景，父亲不过是在抒情，她却用坚硬的现实打断了父亲。等我有了自己的孩子，再听母亲讲这个故事，我一点也笑不起来。我能够理解父亲和母亲话中包含的所有内容：父亲短暂眩晕中诚实的爱和幸福，母亲对现实生活的焦虑。

我对父亲的排斥来自童年记忆。除开他的沉默和不可亲近，还有另一个原因。母亲多病，而他不在身边。有几年，母亲像是病魔附体，随时都有可能躺下来，像个要死的人。每天我去上学，最害怕的是等我回家后，看到母亲躺在床上奄奄一息的样子。这种场景一次次发生，让我恐惧。不止一次，我放学还没有走到家，碰到村里人，村里人喊我，你妈又病了，你快去请医生。赤脚医生和我很熟了，一看到我，什么话都不用说，背起药箱就走。那几年，我总觉得我家里盘旋着一团乌云，经久不散。幽灵的形象，大约如此。那是太痛苦的记忆。我和姐姐都还小，尚无照顾病人的能力，而我们的母亲躺在床上，像是要死了一样。那种压抑和恐惧严重伤害了我的心灵。我和姐姐不得不用一只水桶去湖边抬水，回家做饭，照顾母亲和妹妹。我不想再回忆当时的场景。总之，我因此而怨恨父亲，你为什么不在家？可能也是因为这些记忆的影响，我至今对病人毫无同情，只有厌恶。家里有人生病，我会有难以掩饰的厌恶。我不愿意看到人生病，更不愿意照顾病人，我想让他们离我远远的。即便女儿和儿子生病，我也是厌恶的。我照顾他们时，强压着我的厌恶。我知道这不对，但我没有办法欺骗我生理上的真实感受。厌恶，彻头彻尾的厌恶。我因为父亲逃避了自己的责任而厌恶父亲。时至今日，我能够理解父亲，甚至对他抱有深切的同情。他不可能不去上班，如果他不上班，这个家庭将断绝收入来源，那会是灭顶之灾。不光母亲的病无钱可治，孩子们必将辍学，这个家就要塌了。然而，一个多病的妻子在乡下，他又如何能安心工作。这真是一个两难的境地，他必须选择。除开责任，他也是个身强力壮的年轻人啊，他的妻子不能给他任何安慰。纵使他有万般苦楚，更与何人说？他什么都不能说，唯有承受。

母亲是个骄傲到自负的人，我想，直到今天她依然没有认识到这一点。她总是说，她独自一人，拖着病体，把三个孩子带大，还把他们都培养成大学生。她的贡献，在这个家庭无人能够替代。甚至，如果夸张一点，其他人几乎没有贡献，是她承担了所有的苦累。说到父亲，母亲只有一句，他除开上班拿回来一点钱，他还做过什么？她不会想到，如果没有父亲挣回的那点钱，她可能早就死了。那时的乡下，没钱医治而死去的人太多了。就算父亲挣回了钱，母亲的说法是，那点钱哪里够用，要不是我精打细算，这个家早就跨了。总之，一切都是她的功劳，父亲的努力不过浮云罢了。我在童年时期，真的相信如果没有母亲就没有我们的一切。随着年岁渐长，我不敢再这么认为，这对父亲太不公平，也太过幼稚。尤其是在开始承担家庭责任之后，我对母亲的话愈加不满，她的这些话中，散发着对父亲的轻视。也许，在他们的婚姻中，她从来没有平等地看待过父亲。我曾经问过母亲一句话，你这辈子有没有做错什么事情需要道歉的？母亲想了一

234

会儿，肯定地告诉我，没有，从来没有，我没有做错任何事情。听完母亲这句话，我知道不用再说什么，说什么都没有意义。圣人尚且"吾日三省吾身"，但我的母亲认为她从来没有做错什么。我非常确定，母亲没有开玩笑，她是真的这么认为。在她看来，她是全世界最通情达理的人，通晓世间的一切真理，她还看透了所有人性的秘密。她如此睿智，又如此勤恳无私，具有最高的美德。我的母亲确实是个人畜无害的人，她没有任何坏心眼儿，也不会和任何人做对。她的生活和认知对她造成了伤害。疾病摧毁了她的身体，过于狭窄的生活限制了她的认知。她没有工作，几乎没有社交，她的很多观念都来自臆想，她对陌生人和陌生的事物高度紧张。四十岁之后，她几乎没有更新任何新的经验。我的母亲，不会用手机打电话，不会用银行卡取钱，看电视也不会用遥控器选台，尽管她天天看电视。可是她骄傲，她始终觉得父亲一无是处。有一次和父亲在家里喝酒，我问父亲，平时和母亲怎么交流的，父亲说，随她说呗，还能怎样。是啊，这其实是我早就知道的答案。不光母亲，父亲也老了，他们难以改变，如果不能交流，只能彼此保持沉默。这不好，却也不是最坏的方式。放弃和父母沟通交流之后，我们很少说话，我知道，我只是把原本应该我承担的一部分转移给了父亲。这是我的自私，我也无法忍受。

　　有时和妻子谈及家庭生活，我说，我更愿意成为母亲那样的人,而不是父亲。妻子有些诧异,她知道我对母亲很多行为及观念并不认可。可是,亲爱的妻子,成为什么样的人有着复杂的思想动因,而不是认不认可那么简单。母亲虽然有让人厌烦的部分,但她在这个过程中消解了自身的压力,获得了情感的释放,对她来说,这可能是一个愉悦的过程。尽管,这个过程中,他人承受了情感的压力。父亲正是那个承担压力的人。我不愿意承担压力,那让我不快活,所以我愿意成为母亲。人类有着伟大之处,我达不到,我很惭愧,我不能假装我可以。我结婚后,妻子怀孕,父母过来和我一起生活,以便照顾他们即将出生的孙女。我们也开始了漫长的共同生活。此前,我和父母生活在一起的时间并不多。这是我们迄今为止最长的共同生活,至今已近十四年。这些年,生活的细节不必描述,我们有着自然的分歧。我还年轻,他们老了。母亲不止一次因为我喝酒而生气。她对我说,每次你喝酒没有回来,我都睡不着,你不回来我的心一直悬着,生怕你有什么事。我有没有那么多的应酬?没有。有时候,只是因为我开心啊,我和朋友们一起玩着高兴啊,我又有什么错呢?我们谁都没有错,我理解母亲的担心,可我也不想为了迁就她而委屈自己。没有办法,我们只好买了套房子,让父母住在我们旁边。几十米的距离,给我们彼此的生活都留下了回旋的空间。母亲不用担心我的晚归,我也不必担心第二天早晨母亲站在我的床边,一脸忧郁地看着我。那实在是太大的精神压力。我记得有一次，还是因为我喝了酒，正躺在床上休息，母亲进来，她说了太多的话，我不能接话，一接话彼此会变得更加不愉快。我默默地听着，一言不发。父亲突然进来，冲着母亲骂了句。我极少听到父亲说脏话，他的愤怒让我惊讶。我完全不能理解他的愤怒从何而来。也许是因为母亲一直在说，而我一言不发，他觉得这是对他们的轻视。那一瞬间，我意识到，无论如何，到了该分居的时候。家庭生活哪儿有什么大事儿，但日常的这些小摩擦都是可以爆炸的核弹。我早已放弃了彼此理解的幻想，能够保持尊重就足够了。

父母没有对我的恶意，我又何尝有过？我们的分歧不过是生活方式和观念认知方面的。这些年，我早已接受了父母的一切。我知道他们有着他们熟悉的逻辑，那样的生活方式让他们觉得安全，有自尊感。那么，好了，我尊重他们。尽管，我对他们的生活方式完全难以赞同。比如说，我的父亲吧。他的眼皮上长过一个瘊子，刚开始很小，我建议他去看医生。他拒绝了，这么个东西看什么医生，过几天就好了。瘊子越养越大，终于大到他的眼睛都难以睁开了，想必还有疼痛。我再次问他，要不要去看医生？他终于说，还是去看看吧。看了医生，要做手术。非常简单的手术，做完即走，也并不痛苦。此前，我看着他整天眨巴眼睛，各种不适。他忍受那么久，总幻想着可能过几天就好了。穷苦了一辈子，他们想省钱,我理解,我也无话可说。更厉害的还有我的母亲,她真是能够忍受的人啊。有一天,母亲突然说,她老了,带不动孩子了。这话没头没尾,我和妻子都不知道什么意思。但母亲既然这么说了,我们就把儿子送托儿所好了,虽然他还不到两岁。过了好几个月,妻子给我打电话,说母亲要做手术。我当时在北京念书,尽管有点意外,我还是没太放在心上。母亲得过的病太多了,也不止做过一次手术。她生病这件事,几乎不能给我造成什么情绪波澜。但当我知道事情的原委之后,我还是愤怒了。母亲患有子宫脱垂,很久了,她甚至不止一次将自己脱垂出来的器官塞回去。有时走着走着路,突然就不对了。即便如此,她也一直拖到她害怕了为止,她害怕她的肠子有一天也脱了出来。我这时才知道母亲为什么说不给我们带孩子了,那可是一个连一分钱都不舍得花的人。一算时间,怕是有一年多了。我在电话里问父亲,你知不知道这件事?父亲唯唯诺诺地说,知道,你妈不让说。我的怒火瞬间被点燃,你傻啊,你脑子有毛病啊,这种事能拖啊,是不是要搞死人你才舒服?母亲做手术时,姐姐过来照顾母亲,看到母亲的切除物,姐姐哭了。她说,都磨得快结茧了,这是怎么熬过来的。我也不知道怎么熬过来的,但这并没有什么用。遇到类似的事情,他们还会这么做。他们的理由是,还不是想省几个钱。我的愤怒对他们来说没有意义,他们在自我感动的同时,占据了道德的制高点,一切都是为了你们,你们为什么不感动?老实说,我宁愿要浑蛋点的父母,也不愿意他们这样感动我们。如果你们真爱我们,为什么要给我们这么大的心理压力?这种苦熬让我痛苦,花点钱我们并不在意。

有段时间,我有个粗暴的想法,我想把附近一家生鲜店给砸了。那家店刚开,做活动,每天早上排名前几十位的可以领鸡蛋。可以领几个我忘了,应该不超过十个。活动持续的时间有点长。刚开始,老人们在快开门之前排队,很快,那个点儿排队领不到鸡蛋了。用流行的话说,老人们开始内卷,来得越来越早。最后发展到凌晨四点,再晚,就领不到鸡蛋了。寒风中,一群老人在那里哆哆嗦嗦地排队,站上三个小时,就为领几个鸡蛋。为了占据有利位置,避免加塞插队,老人们不光要看住自己的位置,还要盯着别人。凌晨四点排队的老人中,有我的父母。妻子告诉我这个消息时,我再一次感到愤怒,我甚至哀求他们,不要占这点便宜了,让你们吃饱穿暖的能力我有,何必呢?你们身体本来就不好,要是折腾病了,不是更不划算。他们不听,他们说,他们是老人,睡得不多。他们继续去排队。那段时间,我不吃鸡蛋。当母亲受凉躺在床上时,他们不得不放弃了领鸡蛋。就像他们在小区捡垃圾,刚开始还躲躲闪闪,怕我们说。我也确实不喜欢他们把捡回来的废纸箱、塑料瓶堆在阳台上。那时,他们还处于碰到随手捡一下的阶段。我多次劝阻,希望他们不要捡垃圾，没有这个必要。他们说，他们不偷不抢，捡点纸箱怎么了？他们说得没错，捡垃圾不丢人，更不犯法。我只是有点心疼，我的父母，我又不是养不起，他们没必要那么辛苦。除此之外，我觉得他们给孩子们做了不好的示范。连我儿子都知道，爷爷奶奶捡垃圾换钱钱，买糖糖。这句话让我非常不舒服。且不谈有没有职业歧视，但我绝不希望孩子们将来从事如此没有技术含量的工作。我不得不一次次告诉孩子们，爷爷奶奶捡垃圾那是他们的选择，我们尊重他们的意愿，但我并不喜欢。和我们分开住之后，父亲和母亲像是获得了自由，俨然成了专业捡垃圾人士，房子里堆着他们捡来的各种东西，以纸箱和塑料瓶为主，间或有铁器。对此，我早已不置一词。晚上带孩子出去散步，偶尔碰到他们拿着纸箱塑料瓶从我们身边走过，彼此默契地保持沉默。他们也从随手捡捡发展到四处翻垃圾箱的程度。我说过一次或者两次，物业也打过电话给我们，垃圾箱很脏，不卫生，你们提醒下家里老人，万一出点什么状况就不好了。我和父母商量，你们能不能别翻垃圾桶？万一有玻璃割到手就不好了。没什么用。妻子笑言，老妈捡纸箱的时候走得可快了，英姿飒爽，一点都不像有病的人。我猜想，他们捡纸箱的快乐，大于我给他们钱。他们，基本不要我们给的钱。

我的父亲母亲，从饥饿中熬过来的人，从疾病的折磨中活过来的人。他们还活着，对他们来说已是万幸。贫瘠的生活让他们无法拥有安全感，生活让他们偏执狭隘，他们早已被生活教训过千遍百遍。对他们来说，没有幻想——幻想或者说理想并不重要，他们的笨拙情有可原。和父母日夜相处的这些年，我慢慢也明白了一些事情。一代人和一代人之间的鸿沟，终究是难以逾越的。我有过美好的想象，也羡慕过偶尔见到的温暖亲切的父子关系，那并不多见。我格外珍惜和孩子们相处的时光，每次看到父亲母亲，我总能感受到生活的残忍：到底是什么让世界上最亲的人越来越陌生？我和女儿、儿子是不是终究也会走向这一天？我不愿意，我努力挣扎，我并不知道能否有效。每次睡前，我都要到孩子们的房间，陪他们读读书，玩一会儿。这种快乐，带给我纯粹的幸福。如果有所祈求，我希望有一天，我活到了父母现在的年龄，孩子们爱我，而不是怜惜和尊敬。那不够，我渴望爱。我对父辈的怜惜，何尝不是一声叹息。这是我们共同的失败，我们为此付出的心灵代价，希望下一代不必再次为其买单。